寻找桃花源

中国重要农业文化遗产地之旅丛书

涉县梯田

苑利◎主编 李荣华 张恒◎著

北京出版集团公司
北京美术摄影出版社

图书在版编目（CIP）数据

涉县梯田 / 李荣华，张恒著. — 北京 ： 北京美术
摄影出版社，2019.10
（寻找桃花源 ： 中国重要农业文化遗产地之旅丛书 /
苑利主编）
ISBN 978-7-5592-0284-0

Ⅰ．①涉… Ⅱ．①李… ②张… Ⅲ．①故事—作品集
—中国—当代 Ⅳ．①I247.81

中国版本图书馆CIP数据核字(2019)第163054号

总 策 划：李清霞
责任编辑：赵　宁
执行编辑：贺祁阳
责任印制：彭军芳

寻找桃花源　中国重要农业文化遗产地之旅丛书

涉县梯田
SHE XIAN TITIAN

苑　利　主编

李荣华　张　恒　著

出　版　北京出版集团公司
　　　　北京美术摄影出版社
地　址　北京北三环中路6号
邮　编　100120
网　址　www.bph.com.cn
总发行　北京出版集团公司
发　行　京版北美（北京）文化艺术传媒有限公司
经　销　新华书店
印　刷　天津联城印刷有限公司
版印次　2019年10月第1版第1次印刷
开　本　787毫米×1092毫米　1/16
印　张　16.75
字　数　200千字
书　号　ISBN 978-7-5592-0284-0
定　价　88.00元
如有印装质量问题，由本社负责调换
质量监督电话　010-58572393

目 录
CONTENTS

　　如果有人问我，在浩瀚的书海中，哪部作品对我的影响最大，我的答案一定是《桃花源记》。但真正的桃花源又在哪里？没人说得清。但即使如此，每次下乡，每遇美景，我都会情不自禁地问自己，这里是否就是陶翁笔下的桃花源呢？说实话，桃花源真的与我如影随形了大半生。

　　说来应该是幸运，自从2005年我开始从事农业文化遗产研究后，深入乡野便成了我生命中的一部分。而各遗产地的美景——无论是红河的梯田、兴化的垛田、普洱的茶山，还是佳县的古枣园，无一不惊艳到我和同人。当然，令我们吃惊的不仅仅是这些地方的美景，也包括这些地方传奇的历史、奇特的风俗，还有那些不可思议的传统农耕智慧与经验。每每这时，我就特别想用笔把它们记录下来，让朋友告诉朋友，让大家告诉大家。

机会来了。2012年，中国著名农学家曹幸穗先生找到我，说即将上任的滕久明理事长，希望我能加入到中国农业历史学会这个团队中来，帮助学会做好农业文化遗产的宣传普及工作。而我想到的第一套方案，便是主编一套名唤"寻找桃花源：中国重要农业文化遗产地之旅丛书"的书，把中国的农业文化遗产介绍给更多的人，因为那个时候，了解农业文化遗产的人并不多。我把我的想法告诉了中国重要农业文化遗产保护工作的领路人李文华院士，没想到这件事得到了李院士的积极回应，只是他的助手闵庆文先生还是有些担心——"我正编一套丛书，我们会不会重复啊？"我笑了。我坚信文科生与理科生是生活在两个世界里的"动物"，让我们拿出一样的东西，恐怕比登天还难。

其实，这套丛书我已经构思许久。我想我主编的应该是这样一套书——拿到手，会让人爱不释手；读起来，会让人赏心悦目；掩卷后，会令人回味无穷。那么，怎样才能达到这个效果呢？按我的设计，这套丛书在体例上应该是典型的田野手记体。我要求我的每一位作者，都要以背包客的身份，深入乡间，走进田野，通过他们的所见、所闻、所感，把一个个湮没在岁月之下的历史人物钩沉出来，将一个个生动有趣的乡村生活片段记录下来，将一个个传统农耕生产知识书写下来。同时，为了尽可能地使读者如身临其境，增强代入感，突显田野手记体的特色，我要求作者们的叙述语言尽可能地接地气，保留当地农民的叙述方式，不避讳俗谚和口头语的语言特色。当然，作为行家，我们还会要求作者们通过他们擅长的考证，从一个个看似貌不惊人的历史片段、农耕经验中，将一个个大大的道理挖掘出来。这时你也许会惊呼，那些脸上长满皱纹的农民老伯在田地里的一个什么随便的举动，居然会有那么高深的大道理……

有人也许会说，您说的农业文化遗产不就是面朝黄土背朝天的传统农耕生产方式吗？在机械化已经取代人力的今天，去保护那些落后的农业文化遗产到底意义何在？在这里我想明确地告诉大家，保护农业文化遗产，并不是保护"落后"，而是保护近万年来口国农民所创造并积累下来的各种优秀的农耕文明。挖掘、保护、传承、利用这些农业文化遗产，不仅可以使我们更加深入地了解我们祖先的农耕智慧与农耕经验，同时，还可以利用这些传统的智慧与经验，补现代农业之短，从而确保中国当代农业的可持续发展。这正是中国农业历史学会、中国重要农业文化遗产专家委员会权力推荐，北京出版集团倾情奉献出版这套丛书的真正原因。

苑　利

2018年7月1日于北京

随着工业化和城镇化的推进，作为传统文化根基的农业文化不断地被挤压。为了保护农业文化，留住中华民族内心深处的记忆，农业文化遗产的保护与研究受到社会大众的重视，成为当今社会关注的热点之一。回眸历史，"农业遗产"一词已于20世纪50年代出现。1955年4月，农业部召开整理祖国农业遗产座谈会，全面开启了我国农业遗产的整理与研究工作。这一时期，农史学界对农业遗产的内涵进行了探讨，不过仁者见仁，智者见智。梁家勉先生和王毓瑚先生认为农业历史文献是农业遗产的重要组成部分。[1] 万国鼎先生认为传统时期的农业生产技术为农业遗产的重要组成部分。[2] 精通中国传统文化与现代农业科技的石声汉先生，对农业遗产的内涵进行了系统的回答，其理论体系主要体现在《中国农学遗产要略》（农业出版社1981年版）一书中。在这本书中，他将农业遗产分为三大部分，分别是具体实物、技术体系和农业历史文献。从农业遗产的保存状况来看，石声汉先生又将农业遗产分为固态农业遗产和活态农业遗产。所谓固态农业遗产，即已经死去的农业遗产；活态农业遗产则为留存至今的农作物品种、农业生产工具、农业水利设施等。受时代的限制，20世纪五六十年代的农业遗产研究以固态农业遗产为主。

20世纪五六十年代的中国农村，传统的农业生产方式仍然占主导地位。为了提高粮食产量，推动农村经济的发展，传统的农业生产技术颇受重视，整个社会也希望从中吸取有利的经验，从而推动了学术界对固态农业遗产的研究。在很多地方，对传统的农业技术进行试验研究，以期从中获取发展农业技术的灵感。其中，区田法就是典型的代表，人们根据《氾胜之书》等农书中的记载，认为区田法是既能保持水土又能实现粮食丰收的生产技术，先后在河北、河南等地试验，总结技术要点，从而为它的推广奠定坚实的基础。

时移世易，当今的中国农村与20世纪五六十年代的中国农村相比，发生了巨大的变化，可以说今非昔比。这种变化，我是深有感触的。我是土生土长的农村人，从出生到上高中，一直生活在农村，最远所到达的地方也就是县城。高中毕业后我考入大学，自此以后，开启了自己的城市生活。然而，农村的生活场景不断地在我的脑海中萦绕。在那杨柳依依的涝池里，我和玩伴们抓蝌蚪；在那雨后泥泞的路边，我们三五成群地用泥巴修建所谓的水库和水渠；在那堆放麦子的场地里，我和姐姐玩捉迷藏的游戏，把自己埋藏在麦秸秆里。稍稍长大后，我开始帮助父母干农活。和姐姐一起锄地，看到那一望无尽的田地，我总觉得不知什么时候才能锄完。为了加快进度，我就和姐姐约定，锄地的过程中，不要抬头往前看，只管低着头锄地。这样，可能会锄得更快。小麦是用镰刀一镰一镰地收割的，等割完小麦后，父亲便用牛车将小麦一车一车地往回拉，堆放在麦场上。我的任务就是跟在麦车的后面，和父亲一起，把小麦送到麦场。由于牛行动缓慢，我特别不喜欢牛，总羡慕那些用马作为畜力的人家。马不仅行动敏捷，而且在被喂足硬料后，可以连续使用一天，中途不用休息；而牛则不行，一般是上午耕作，中午休息，下午再耕作。当我和父亲说这些的时候，父亲什么也没有说。在喂牛的时候，父亲会多加一些硬料。有一次，给牛割草的时候，我因在火车站边和小伙伴玩耍忘记了割草，为了完成任务，就在火车站边随随便便割了一些草。结果，晚上喂牛的时候，牛不吃这些草。父亲就问草是在哪里割的，我如实回答。父亲便告诉我，这些草生长在火车站边，有火车和煤的味道，牛是不吃的。最终父亲把牛槽里的草全部扔掉，添了一些干草，并放了足够的饲料。诸如此类的生活经历，每每想起，都会回味无穷。可是，现在当我重新回到农村后，却发现这样的场景已经不再重现了。人们已经不再锄地，农田里的杂草疯长后，就会使用除草剂，这样就能把地里的杂草消除得干干净净。从犁地到收割，从夏收到秋收，人们几乎全部使用农业机械。昔日备受人们重视的农具，被扔在屋外，任凭日晒雨淋，久而久之，破烂不堪。就连曾备受人们恩宠的牛，也几乎没有人家饲养了。这样导致一个严重的问题，就是农家肥的使用日益减少。为了提高粮食的产量，人们施用了更多的化肥，导致土壤的腐殖质含量急剧下降，严重影响土地的性状。当我们在赞扬农村的进步与发展时，却也看到传统农耕技术以及与之相关的道德价值观念在不断地被挤压，保护传统的农耕文化，也就具有重要的历史价值和时代意义。而活态农业遗产保护与研究，能够促进传统农耕文化的传承与发展。

与20世纪五六十年代相比，活态农业遗产的内涵已经发生了很大的变化。今天，我们可以将活态农业遗产称为农业文化遗产。何为农业文化遗产？闵庆文先生认为，农业文化遗产为农村与其所处环境在长期协同进化与动态适应下所形成的独特的土地利用系统和农业景观，这种系统与景观具有丰富的生物多样性，不仅可以满足当地社会经济与文化发展的需要，还有利于促进区域社会的可持续发展。[3] 李文华先生认为农业文化遗产应当是一种活态的生态系统，以农业生产为核心，既保留了过去的土地时空综合利用的精华和传统，又随着自然、社会和经济的变化而不断变化。[4] 总之，农业文化遗产是对传统农业生产技术体系的继承与发展。如果我们把当今的农业文化遗产仔细搜罗一遍，一个有趣的现象也就出现了，这些农业文化遗产主要分布在较为偏远的地方。这些地方或者受现代工农业的冲击较小，或者因其地形地貌的限制，传统的农业技术仍然占主导地位。或许有些人对这些传统农业技术心存鄙视，认为不值得保护。当快速发展的现代农业占据了角角落落时，恐怕我们再也见不到传统的农业技术。因此，这些农业技术是传统农耕文明在当代的重要体现，是我们认识传统农业技术的重要窗口，对当代农业的可持续发展有着重要的借鉴意义，需要细心呵护与妥善保护。

河北涉县旱作梯田系统，作为农业文化遗产的重要组成部分，是太行山地区人与自然、社会与环境相互作用的结果，为当地人适应自然、改造自然的重要体现。涉县旱作梯田的核心地区——王金庄，地处太行山的深处，因交通所限，与外界联系不够紧密，受经济化浪潮、工业化浪潮的影响较小，因而当地人的生产生活方式更能体现传统农业的真实面貌。当我在王金庄调查的时候，看到那一堆堆驴粪，听到那鸡鸣狗吠的声音，一股亲切感油然而生。曾几何时，我的家乡也有这样的生产生活方式。王金庄传统的农耕生产方式能够保留到当代，有一个重要原因，那就是这里崎岖的地形、碎片化的农田不适合大型机械化农具的使用。一般而言，大型机械化农具能够大面积推广的地区是平原地区，山区不是它们的用武之地。生态环境的限制使得当地人无法使用大型机械化农具，所以他们更多地以传统的农耕方式进行农业生产。可以说，环境造就了王金庄人特有的生产生活方式，环境也使得王金庄人的生产生活方式延续至今。虽然王金庄人依然在坚守他们的传统，但是现代化的浪潮也在潜移默化地影响着这里的一切。所以守护旱作梯田系统，保护与传承农耕文化，时不我待。

我前前后后来王金庄进行社会调查，总共有四五次。第一次来王金庄时，我懵然无知，多亏涉县农牧局贺献林局长和井店镇领导的关怀，让我顺利到达王金庄，顺利进行调研。那时的王金庄，遭受雨灾，千疮百孔，然而在当地政府的领导下，王金庄人斗志昂扬，紧密协作，积极应对这场灾难。我在当地知名文化人士王林定先生和王树梁先生的指引下，了解了王金庄的历史和现状，亲身感受了王金庄人自强不息的精神。在熟知涉县和王金庄的环境后，后几次来王金庄时，我要么孤身一人，要么带着学生，走在王金庄的角角落落，感受王金庄的与众不同。它所散发的魅力，使我恍如置身于世外桃源。石头房屋依山而建，错落有致，分布在石板街的两旁。村里的老人们坐在屋外的石凳上，拉家常，晒太阳，岁月的沧桑镶嵌在他们质朴而又慈祥的脸上。远处层层而上的梯田隐约可见，驴鸣犬吠的声音不时在天空上飘过。

李荣华

2018年10月

注释

[1]　梁家勉：《逐步丰富的祖国农业学术遗产——中国古代农业文献简述》，载倪根金主编：《梁家勉农史文集》，中国农业出版社，2002年，第1—12页；王毓瑚：《关于整理祖国农业学术遗产问题的初步意见》，载王广阳等编：《王毓瑚论文集》，中国农业出版社，2005年，第8—19页。

[2]　万国鼎：《祖国的丰富的农学遗产》，载王思明、陈少华主编：《万国鼎文集》，中国农业科学技术出版社，2005年，第313—316页。

[3]　闵庆文、张丹、何露等：《中国农业文化遗产研究与保护实践的主要进展》，《资源科学》2011年第6期。

[4]　李文华：《农业文化遗产的保护与发展》，《农业环境科学学报》2015年第1期。

王金庄的起源

01

王金庄的得名源自一位古人。元朝初年，古邑北关一个叫王金的人，行侠仗义，帮助乡邻抵抗朝廷的苛捐杂税，与官府发生了冲突。为了躲避官府的追捕，王金不得不翻山越岭躲藏于今王金庄一带。自此以后，他便以这里为立足地，披荆斩棘，修建房屋，开垦土地……

　　美丽的王金庄，春夏秋冬，四季更替，天地万物与人相染，景色变化多端；浑厚的王金庄，一排排梯田，是人们的伟业，也是人们不屈不挠的象征；历史悠久的王金庄，沧海桑田，历经风雨与岁月侵蚀的石头民居，依然展现在我们的面前，不向岁月低头，熠熠生辉。王金庄，一个朴实无华的名字，蕴含了令人如痴如醉而又让人回味无穷的自然与文

俯瞰王金庄（涉县农牧局提供）

20世纪五六十年代的王金庄村貌（涉县农牧局提供）

化，展现了王金庄岁月的沧桑与历史的深沉。

王金庄的历史可以追溯到春秋战国时期。礼崩乐坏、诸侯争霸的时代，也让王金庄卷入其中，成为军事斗争的最前方。晋顷公十二年（公元前514年），晋国卿赵鞅占领了卫国领地后，欲将其人口迁至晋阳，邯郸大夫午坚决不同意。于是赵鞅杀掉大夫午，秦兵趁此机会将邯郸围困。赵鞅在形势不利的情况下，为保存实力，采取以退为进的战术，率兵退回晋阳。路经涉县时，他看到王金庄一带山势险要、山林茂密，就决定以此作为军事基地，休养生息，等待时机夺取邯郸。于是，赵鞅便在王金庄驻扎，修建军事基地，构筑防御措施。今天我们所看到的位于王金庄村东南的康岩寨、村北的曹家寨以及村后的李家寨和刘家寨等，

赵鞅屯兵王金庄

曹氏宗祠（涉县农牧局提供）

都是当年赵鞅屯兵时所修建的烽火台。军队经过休养，实力大增，赵鞅率兵出其不意、攻其不备，打败秦军，夺下邯郸，由此也奠定了以后赵国发展的基础。虽然春秋战国时期，王金庄已经步入历史舞台，但是"王金庄"这一名称的出现要到元朝初年，这距离春秋末期大约1700年。

王金庄的得名源自一位古人。元朝初年，古邑北关一个叫王金的人，行侠仗义，帮助乡邻抵抗朝廷的苛捐杂税，与官府发生了冲突。为了躲避官府的追捕，王金不得不翻山越岭躲藏于今王金庄一带。自此以后，他便以这里为立足地，披荆斩棘，修建房屋，开垦土地。后来，有人来此地游玩，看到了这一切后，遂以"王金庄"命名。然而，朝廷的各种杂税逼得王金不得不再一次背井离乡。王金主由此失去了活力，落魄寂寥。不过，"王金庄"这一称呼却得以保存，一直延续到现在。

王金庄再次焕发它的活力，要到明朝洪武年间。在这一时期，很多人由外地迁到王金庄居住，有王姓、曹姓、李姓、刘姓、张姓、傅姓、赵姓、岳姓等。不过，在王金庄，王姓和曹姓占主导。王姓高祖王宽居住于三店槐池巷，其所生三子，长子居城里，次子居于井店，三子则居于王金庄；曹姓高祖曹岱弟兄四人，

王金庄指示牌（涉县农牧局提供）

河北涉县旱作梯田系统指示牌（涉县农牧局提供）

长兄曹江居住于武安县阳邑镇南丛井村，次兄曹湖居住于峰峰矿区和村镇曹庄村，四弟曹海居住于武安县淑村镇邵庄村，曹岱则定居于王金庄，其长子曹质跟随父亲，生活于此地。根据《王金庄村志》中的记载，王金庄目前由5个村组成，一街村除4户岳姓外，其余均为王姓；二街村由王、曹、张、刘、傅、赵六姓组成；三街村曹姓居多，此外还有李、张、刘、傅、赵等姓；四街村有李、曹、刘、张、傅、赵等姓；五街村为李、刘、王等姓。[1]在一代代先辈的带领下，王金庄人筚路蓝缕，变荒山野岭为良田果林，由此奠定了今日王金庄发展的社会基础。

谈及王氏家族的祖先，根据《涉县地名志》中的记载，他们来自山西洪洞县。我门在王金庄调查时问及这一问题，当地王姓人士认为他们是来自山西洪洞县，并且言之凿凿，使得我们不得不信服。除了王姓祖先来自山西洪洞外，其余姓氏的祖先也来自山西洪洞。据王金庄《曹氏族谱》记载，曹氏高祖曹岱于明洪武元年（1368年）从山西洪洞县迁来，先居住在曹家庵，因其地势偏僻，环境恶劣，生存艰难，不得不迁移到王金庄后村；刘姓始祖刘文举，原籍山西洪洞县，于明初迁居到王金庄；李姓始祖于明初从山西洪洞县迁居井店，在明代中期迁徙到王金庄；赵姓始祖赵斌是在明洪武年间由山西洪洞县迁居到涉县更乐一带的，到了清朝咸丰年间才在王金庄定居下来。王金庄人来自山西洪洞，这在当地家喻户晓，耳熟能详。

如果仔细分析王金庄人的祖先来源，就会发现，这种说法流传于中国的大部分地区："问我祖先何处来，山西洪洞大槐树；祖先古居叫什

王金庄旅游景点示意图（涉县农牧局提供）

么，大槐树下老鸹窝。"[2]言外之意，很多人的祖先是出自山西洪洞。与此类似的是，明末清初屈大均在《广东新语》一书中写下了这样一段有趣的话语："吾广故家望族，其先多从南雄珠玑巷而来。盖祥符有珠玑巷，宋南渡时诸朝臣从驾入岭，至止南雄，不忘枌榆所自，亦号其地为珠玑巷，如汉之新丰，以志故乡之思也。"[3]这段话的意思很明显，是说广东人的祖先来自南雄珠玑巷。实际上，无论山西洪洞说还是南雄珠玑巷说，均是中国古代社会移民在追溯自己的祖先时所形成的一种认识。这种认识是祖先认同的重要标志。但是，这并不意味着他们的祖先真来自这两个地方。《河南获嘉县志》卷八《氏族》中指出："何今之族姓，其上世可考者，尚有千百户之裔；其不可考者，每曰迁自洪洞，绝少称旧日土著及明初军士。推原其故，盖自魏晋以来，取士竞尚门户，谱牒繁兴，不惜互相攀附，故虽徙居南方，其风未泯。……元明末世，播窜流离，族谱俱付兵燹。直至清代中叶，户口渐繁，人始讲敬宗收族之谊，而传世已远，祖宗渊源名字多已湮没，独有洪洞迁民之说，尚熟于人口，遂至上世莫考者，无论为土著，为军籍，概曰迁自洪洞焉。"[4]追宗思源、追忆祖先是农业民族的重要特征，也是传统文化的重要组成部分。那些已经湮没于历史浪潮中的人，他们的后代无法确认自己来自何处，自己的祖先是谁。可是，人若没有祖

远眺王金庄（涉县农牧局提供）

《王氏族谱》（涉县农牧局提供）

先，也就成为无源之水、无本之木，内心惶恐不安。借助民间所流行的祖先起源传说构建自己的祖先来源，形成自己的祖先谱系，不仅可以为自己慌乱的内心世界寻求一片可以慰藉的天地，还可以团结与凝聚自己的族人。虽然王金庄各姓家族的祖先起源受到传统民间祖先起源叙事故事的影响，但是他们的后代迁徙到王金庄，那应该是千真万确、不容置疑的。

在王金庄当地人看来，之所以会出现这种现象，是与元末明初的社会动乱有关。灾害频繁，土地荒芜，人民流离失所，农民起义不断。与全国其他动荡不安的地区相比，山西洪洞一带可谓是世外桃源，土地肥沃，风调雨顺，人口倍增，人们纷纷从外地逃荒于此地。随着明朝的建立，为了推动各地经济的发展，明朝政府实施强制性移民，把山西洪洞一带的居民迁徙到全国各地。据《重修大槐树古迹碑记》记载："尝稽《文献通考》，明太祖洪武间，屡徙山西民于滁和、北平、山东、河南等处；成祖永乐年，徙山西民万户实北平；复核太原、平阳、泽、潞丁多田少及无田之家，分丁口以实北平；十四年徙山西民于保安州。自是以后，移徙于四方者，不一而足。盖尔时，洪地殷繁，每有迁徙，其民必与，而实以大槐树处为荟萃之所。宜乎生齿繁衍，流泽孔长。后世子孙闻其地而眷怀乡井者，种族之念为之也。泊余通籍后，宦游燕、赵、齐、豫诸省，偶与士商过从，略展邦族，闻籍隶洪洞，辄殷殷致询曰：'吾祖籍也。'言之亲切有味。"[5]因此，在王金庄乃至河北涉县居民的记忆中，他们几乎大多数来自山西洪洞。然而，洪洞为汾河平原的一部分，汾河贯穿其中，并非交通闭塞之地。当全国各地社会动荡、民不聊生时，唯独山西洪洞恰似人间乐土，恐怕于情于理都存在着一些问题。事实上，在王金庄人的这样一个叙事模式中，存在着一些可以探讨的问题。然而，历史已经发生，在有些问题上刻意地探究它们的真实性，已经不是那么重要。最为重要的是，王金庄人已经把山西洪洞作为他们祖先记忆的重要符号融入自己的血液和文化中。正是有了这样的祖先记忆，王金庄人得以够团结一致，一心向前，克服重重困难，不断走向辉煌。

注释

[1] 王树梁主编，曹书云主审，王金庄村志编纂委员会编：《王金庄村志》（内部资料），2009年，第59—61页。

[2] 张青主编：《洪洞大槐树移民志》，山西古籍出版社，2000年，第208页。

[3] ［清］屈大均著，李育中等注：《广东新语注》，广东人民出版社，1991年，第43页。

[4] 邹古愚修，邹鹊纂：《河南获嘉县志》，成文出版社，1976年，第379页。

[5] 贺柏寿：《重修大槐树古迹碑记》，《临汾地方志通讯》1985年第1期。

中国第二个长城 02

当以特布里吉斯为团长的评估团来到王金庄后，面对着层层而上的梯田，发出了"这是世界上治理得最好的一条沟""看到王金庄梯田就像看到中国的万里长城""上管天，下管地，中国人了不起"的赞叹，称其为"中国第二个长城""了不起的人间奇迹"……

梯田春色（涉县农牧局提供）

长城作为中华民族的象征，凝聚着古代劳动人民的心血，承载着厚重的中华文明，见证了中国历史的发展与演变。它的修建主要是以人力搬运的方式进行。伟大而又坚毅的劳动人民，把砖块、石块和石灰一块块、一筐筐地运送到山上，成年累月，不辞辛苦，完成了万里长城的修建。基于此，长城彰显了中华民族自强不息、不屈不挠的民族精神。的确，涉县王金庄梯田，无论是在规模上，抑或是在影响力上，远不及万里长城。但是，在王金庄人的心目中，它完全可以和万里长城相媲美，它是王金庄人自强不息、不屈不挠、积极向上的精神的体现，被誉为"中国第二个长城"。

王金庄梯田之所以被称为"中国第二个长城"，是与"3737项目"的实施分不开的。为了解决涉县粮食生产问题，1985年下半年，涉县人

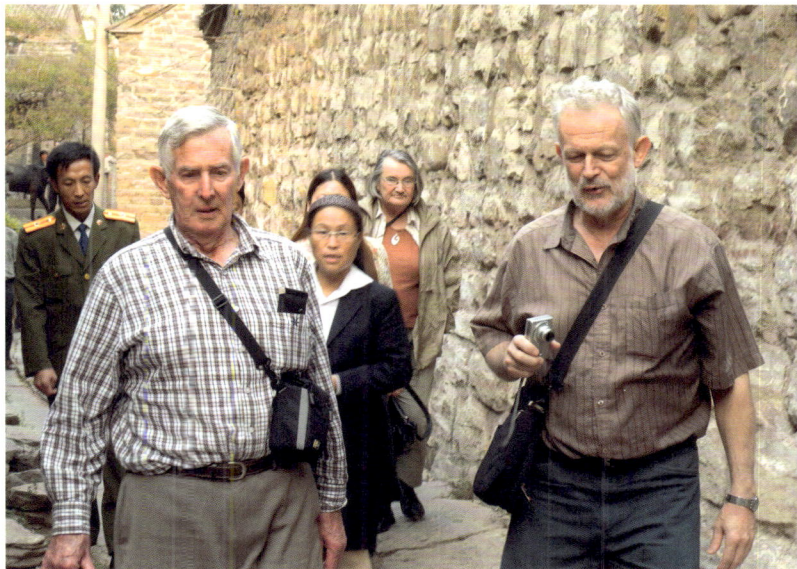

联合国世界粮食计划署专家考察王金庄（涉县农牧局提供）

民政府向国家申请援助。1987年6月，农业部、外交部、财政部把涉县
山区农业综合开发项目作为向联合国世界粮食计划署（WFP）申请的13
个粮援项目之一，呈报给国务院。1988年春，农业部向联合国世界粮食
计划署递交了《涉县农业综合开发项目提案》，7月19日，该项目被联
合国正式立项。由于其编号为3737，所以称之为"3737项目"。"3737
项目"采取以工补粮的方式，扶持贫困地区，发展社会经济，改善生活
环境。它包括8个项目工程，分别是灌溉工程、土壤改良工程、林业工
程、水土保持与防洪工程、人畜饮水工程、乡村道路修建工程、技术培
训工程、人工种草工程等。1989年1月和1990年5月，联合国世界粮食计
划署先后派特布里吉斯、鲍尔蒂尼等专家，对"3737项目"进行评估与
复查。

当以特布里吉斯为团长的评估团来到王金庄后，面对着层层而上的梯田，发出了"这是世界上治理得最好的一条沟""看到王金庄梯田就像看到中国的万里长城""上管天，下管地，中国人了不起"的赞叹，称其为"中国第二个长城""了不起的人间奇迹"。自古以来中国人就有修建梯田的传统。《诗经·小雅·正月》中载："瞻彼阪田，有菀其特。""阪田"，即山坡上的田，就是我们今天所说的梯田；"有菀其特"，意即禾苗十分茁壮。不过，"梯田"这一名称的出现，是在南宋时期。1172年，范成大在前往广西静江途中，经过江西袁州时，看到了当地的梯田。他在《骖鸾录》中对此进行了记载："出庙，三十里至仰山，缘山腹乔松之磴，甚危，岭阪上皆禾田，层层而上至顶，名梯田。"[1]修建梯田作为改造山地丘陵地带、体现人与自然环境和谐发展的重要举措，既扩大了耕地面积，又解决了水土流失问题，在一定程度上兼顾了生存的需求与环境的保护，实现了土地的充分利用。

中国地域广大，地形地貌十分复杂，由山地、高原、丘陵、盆地和平原构成。其中，山地、丘陵的面积要占整个国土面积的三分之二。因而，梯田在中国分布极广，从南到北，从东到西。南方梯田，较为有名的有云南哈尼梯田、广西龙胜龙脊梯田、福建尤溪联合梯田、江西崇义客家梯田、湖南新化紫鹊界梯田。这些梯田给人以秀丽多姿之感，融合了南方的自然风韵。然而，当我们把目光转向河北涉县王金庄旱作梯田时，不仅会被它雄壮浑厚的气势所吸引，也会被它延绵不断的历史传统所感动。

根据相关文字记载，王金庄梯田修建的年代，可以追溯到元代初期。当时由于人口较少，梯田修建的面积十分有限。清代康熙、乾隆年间，随着人口的增长，人们开始向山要田，大规模修建梯田。这一时期所修建的梯田大约占到现存梯田的三分之一。1965年至1975年，王金庄梯田修建达到一个新的高潮。在党和国家的领导下，王金庄专门成立治山工作队，开展劳动竞赛，夏战三伏，冬战三九，在"胸中有朝阳，前进路上无阻挡""立下愚公移山志，誓让荒山变良田"精神的指引下，修筑梯田2250块，共计500多亩[2]。与此同时，他们还在梯田边栽种花椒树5.6万株，山顶种植松柏11万株。王金庄人修建梯田、改造自然的事迹先后被《邯郸日报》、《河北日报》、河北人民广播电台等新闻媒体广泛报道，成为治山的典型。他们自力更生、斗志昂扬的精神感天动地，被人们久久传颂。

总体来说，按照所在地的自然环境、修筑技术及利用方式，梯田可以分为土梯田、水梯田和石梯田。土梯田的典型代表为黄土高原梯田。它是在坡地上沿等高线修建而成。每年耕地时，向下翻土，逐年淤高，并加高地埂，逐步把坡地改造成梯田。由于它完全是用黄土建成的，所以被称为"土梯田"。南方水梯田的特点主要体现在它的利用方式上，它是以水稻种植为主。由于水稻生长在有水的环境中，南方的水梯田犹如一条条银白色的织带，遍布于山川田野之间。与之相比，涉县王金庄旱作梯田是由石头堆垒而成，我们可以称其为"石梯田"。它也是沿等高线修建而成的，地面外高内低，坡度视荒山坡度而异，一般在30度至50度之间。梯田宽度在1.5米至3米之间，长度视地形破碎程度而定。

王金庄梯田的修建大体上可以分为三个步骤。第一步是审地形。一般是由有经验的老农来估算垒堰的高度与走向。垒堰如果估算过高，就会导致填充的土壤不足，若从外面运土，又相当困难；如果估算过低，就会有大量土壤剩余，处理起来也比较困难。有经验的老农会根据地形进行比较准确的估算，这样能提高梯田修建的质量和效率。第二步为垒堰，这是修建梯田最为关键的一步。垒堰的方式与修建石头房子的方式恰好相反。修建石头房子时，一般是大块石头垒在根基，越往上，石

妇女修建梯田（涉县农牧局提供）

块越小。石头房子的额头边朝外倾斜，目的在于下雨时雨水能够流到外面，不会渗进屋内。而垒堰基本上是石块越往上越大，且额头边朝里，这样一来在少雨、干旱的春季时节，雨水会顺着石块流进田地。第三步为填土。由于王金庄石厚土薄，一般将石渣与乱石埋在梯田最下面，而将土填充到最上面。有的地方土源充足，修建的梯田土层较厚；有的地方土源不足，修建的梯田土层相对较薄，但一般不能少于5寸，否则庄稼难以成活。

　　梯田修建完成后还需要维护，要不然就会荒废。当我们在王金庄梯田上行走的时候，看到一些梯田没有人维护，土地荒芜，杂草丛生，石堰倾斜倒塌。可见，日常的维护和修缮是十分必要的。不过，对王金庄梯田威胁最大的，当是洪涝灾害。由于王金庄的雨季集中于7—9月，如果这一时期下大雨，就有可能引发洪流，冲垮石堰。当地人为了尽快把冲垮的梯田修好，恢复生产，发明了"悬空拱券镶嵌"的修复技术。即在修复梯田时，先行修建一个悬空拱券，然后在上面修建石堰，回填土，这巧妙地解决了不同类型的建筑材料协调使用的问题，也形成了令人叹为观止的平面石岩景观。此外，在梯田的堰边往往会生长出一些蘖生能力很强的藤蔓植物，它们不仅与庄稼争夺水肥，还有可能连成一片，直接影响到庄稼的生长。对于田地里这些生长力很强的藤蔓植物，我是有深刻印象的。近些年来关中的农田里突然冒出来一种藤蔓植物，学名为"葎草"，它们到处攀缘、生长，对农作物的生长产生致命的威胁。然而，消除它们却十分困难，它们的根系十分发达，而且茎、枝、叶柄均有倒钩刺，一不小心就会在身上留下红红的印记。为了清除与庄稼争夺水肥热的藤蔓植物，王金庄人每隔几年就会在梯田的堰边挖50厘米至1米的深沟，然后重新垒堰。等把堰垒好后，便将藤蔓植物的根挖掉，然后回填土，从而保持了水土和土壤地力。

正是依靠坚忍不拔的精神与毅力，王金庄人完成了梯田的修建任务。到目前为止，王金庄共有梯田8万多块，837公顷，人均梯田0.05公顷。这些梯田满足了王金庄人生产生活的需要，构成了太行山深处独特的风景线。

注释

[1]　［南宋］范成大：《骖鸾录》，中华书局，1985年，第10页。

[2]　1亩约等于666.67平方米。

石头博物馆

03

王金庄依山而建，所有的民居都位于山坡上。从山底到半山腰上，石头房屋错落有致、鳞次栉比。当你走在其中，举目望云，几乎全部都是石头，仿佛置身于石头的海洋中。条石砌墙，白灰勾缝，木梁青瓦，古朴典雅的气息扑面而来……

有这样一句俗语，叫作"靠山吃山，靠水吃水"。其意思是说，人们会依据自身的生存环境及其特点创造出与自然环境紧密结合的生产生活方式。我们众所周知的对中国历史产生较大影响的北方游牧民族，其逐水草而居的生计方式就是建立在草原生态环境的基础上。对于地处太行山深处的王金庄人而言，与他们朝夕相伴的则是太行山上的石头。怎么把这些石头变成有用的东西，成为王金庄人所思考的问题。在历史的长河中，围绕着石头，王金庄人发挥他们的聪明才智创造出各种各样的生产生活用具或建筑，如石屋、石巷、石板街、石桌、石凳、石槽、石桥、石井、石碾、石磨等。因此，王金庄可以称得上"石头博物馆"。既然是博物馆，那就需要了解王金庄的建村历史。

王金庄的建村历史可以追溯到宋元时期。从王金庄一街所保存的元代大石碾中，可以得知宋代此地就有人居住。而王金庄行政村的建置则是从明代嘉庆年间开始。至今在王金庄保留的历史遗迹——关帝庙和明国寺，见证了王金庄的发展。关帝庙始建于元代，位于村前一带，有主庙3间、东厢房3间，目前我们能看到的建筑是1996年水灾以后所修建的。明国寺始建于明代中期，位于村北3里[1]的岩凹沟。它以青石垒成，包括东西两院，东院为大佛殿，西院为观音殿。该寺目前仅保留几座古碑，其他一切都湮没于历史的尘埃中。

相对于享受人间香火的庙宇而言，王金庄人用太行山的石头修建的房子则较为幸运。虽经岁月沧桑，但到目前为止，王金庄还保留着明清时期的石头民居600多座。这600多座石头民居静静地矗立在太行山深处，体现着王金庄人与自然的相处之道。蓝天、绿山与青色的石头民居结合在一起，构建了一个让人心旷神怡的世外桃源，也使得王金庄盛名在外。每逢周末或者假日活动，就有大量的游客来到王金庄旅游，感受石头文化。对于石头，我是既陌生又熟悉。在我的成长经历中，我见过

石碾（涉县农牧局提供）

残留的元代石碾（涉县农牧局提供）

王金庄村龙王庙碑及《重修龙王庙碑记》（涉县农牧局提供）

用石头做成的捶布石、石碾、门墩、柱石等，然而这些东西却是稀罕之物，需要用粮食买换取。当到达王金庄，看到鳞次栉比的石头房子后，我深深地惊呆了，稀有之物在这里竟是如此的普通与平凡。

王金庄依山而建，所有的民居都位于山坡上。从山底到半山腰上，石头房屋错落有致、鳞次栉比。当你走在其中，举目望去，几乎全部都是石头，仿佛置身于石头的海洋中。条石砌墙，白灰勾缝，木梁青瓦，古朴典雅的气息扑面而来，让你徜徉于其中无法自拔。在这石头的海洋里参观要十分地留心，稍不留神，就会如沧海一粟，找不到自己的位置，迷失方向。记得第一次来王金庄的时候，正值外面下大雨，我从王金庄接待中心里向外望去，只见巷子里浑浊的泥水滚滚而下。我想走近一探究竟，便立即带上雨伞、穿上雨鞋，寻找刚才在王金庄接待中心所看到的那一幕，可是找来找去，就是找不到，竟然迷失在石巷中。最

明国寺石碑（涉县农牧局提供）

打制石臼（涉县农牧局提供）

后，在当地村民的指引下，我才找到。可是，出现在我眼前的已经不是当初的那一幕，而是涓涓细流之景。原来，当我在石巷里转来转去时，我已经错过了机会，雨也由大变小，那惊心动魄的一幕只能永远留在自己的脑海里。

看着这石头民居，蓦然间，我对修建这些房屋的人仰慕不已。这些石头民居修筑的修建是与石匠分不开的。石匠作为一种职业，也随着时代的发展而不断发展。根据王金庄现存的石碑，可以看到，在明万历二十二年（1594年）已经有石匠的记载。到了民国时期，石匠越来越多；20世纪50年代，整个村庄有石匠30多名；20世纪70年代末期，石匠人数已经占到了全村男劳力的65%；20世纪90年代，整个王金庄形成了石料加工产业，从事石料加工的人越来越多，他们不局限于自己所在的村庄，还走出村庄，到各地承揽工程，开办石料加工厂。一方水土养一方人，王金庄人把他们耳濡目染的石料加工技术变为一种产业，造福于人民，推动社会经济的发展。这些石匠除谋生之外，还为社会主义建设增砖添瓦。1969年涉县修建青塔水库时，王金庄专门成立了石工连。这些石匠们发扬"传帮带"和艰苦奋斗的作风，不仅完成了长

150米、高62米呈弧形的水库迎水面大坝浆砌工程和400多米长的尖饼窑渡槽，还培养了大量技术高超的石匠。个人命运只有和国家命运结合在一起，才能实现自身的最大价值。

漫步在石头的海洋中，你会发现，有的房屋所用的石块被修整得十分整齐，它们直线般层层堆垒而上；而有的房屋所用的石块参差不齐，大小不一，乍一看上去，觉得这些石块危在旦夕，顷刻之间会掉下来。当地人告诉我，尔不要担心这些，这些石头房子历经百年而不倒，自有它的修建技术，之所以会出现这两种不同的房屋造型，是和各自的家庭条件有关。一般而言，石块棱角分明、整齐而上的房屋，大概属于比较富有的人家，他们有更多的资金修建房屋，所以用料会讲究一些；由于家庭经济条件的限制，贫穷的人家修建的房屋比较粗糙，但是结实耐用这一点是绝对没有问题的。

石匠工作场景（岔县农牧局提供）

在王金庄，最有名的石头屋则是王金庄南院和北院。它们屹立于山腰处，隔沟而望，仿佛银河两岸的牛郎与织女，近在咫尺又远在天涯。王金庄南院和北院为刘氏家族所有，始建于明代，重建于民国初年。其中，南院南北长18米，东西宽15米，占地280平方米（推测包含部分院外面积），为下石上砖的四合院。主房与东西屋为两层结构，使用面积为260平方米。北院南北长18米，东西宽15米，占地面积为270平方米。北屋与东西屋为两层结构，使用面积为420平方米。综观王金庄的石头屋，可以发现它们均以四合院为主，包括正房、厢房、宅门和便所等场所。正房为整个院落的核心部位，共包括两层，一层中间为厅堂，两侧为父母和长子的起居场所，二层主要用来储存粮食。厢房在整个四合院中的地位低于正房，位于正房的左右两侧，也包括两层，一层为成年子女的居住场所，二层为储存粮食的仓库。宅门为院落和街巷的界线，是内外空间转换的重要节点，很受重视。各家各户的宅门修建得十分壮观，给人以威严和肃穆之感。王金庄南院的宅门为高大的古式门楼，雕梁画栋，飞檐斗拱，充分体现着屋主人的身份和地位。便所位于庭院之外，延续着传统村落中旱厕的形式。人们之所以把便所放在院落之外，主要是受粪便之类的污秽之物不能随便被带进家中的思想的影响。

漫步在王金庄石巷中，石碾、石磨比比皆是。

老人与石头民居（涉县农牧局提供）

普通人家的石头房屋（涉县农牧局提供）

石碾和石磨为传统时期的粮食加工工具，在魏晋南北朝时期得到广泛的
应用，这改变了人们的饮食结构，使得以面食为主的饮食方式在北方
地区流行起来，小麦也逐步取代谷子，成为整个北方地区的主要粮食作

物。在很多村落，随着现代化粮食加工工具的应用，传统的石碾与石磨快速地消失，几乎难以寻觅到。想要目睹它们的真容，恐怕要去与农业历史文化相关的博物馆或者体验基地。现在在很多地方，都建有农耕文化观光生态园。里面除了展示传统时期的农业生产工具外，还有一些与传统农耕文化相关的体验性活动，如手推独轮车及在工作人员的引导下用犁犁地、牵牛碾麦、坐大马车等。这些活动让人们在休闲娱乐的同时，也加深了对传统农耕文化的了解。每到节假日，农耕文化观光生态园都会人满为患。人们携家带口，呼朋唤友，园内熙熙攘攘。无论是城市居民还是各地村民，都愿意来到这些地方，去感受传统的农耕文化，寻找自己的根基所在。在王金庄，石碾与石磨随处可见，传统的农耕文化以它独特的面貌融入王金庄人的血液中，展现在世人的面前。如果要体验传统的农耕文化，那就来王金庄吧。它不会辜负你的期望，只会给你带来更多的惊喜，让你感受到传统文化的魅力与价值。

注释

[1]　1旦等于500米。

中田有庐

04

在王金庄溪山遍野的梯田上，分布着众多的庐。王金庄的庐，不同于游牧民族的穹庐，而是与《诗经》中记载的庐相似，满足农业生产的需求。它们一般位于梯田的尽头，几乎不占梯田里的土地，当地人称其为"石庵子"……

《诗经·小雅·信南山》中载："中田有庐，疆场有瓜。"郑玄对"中田有庐"的解释为，"中田，田中也。农人作庐焉以便其田事"；孔颖达的解释为，"古者宅在都邑，田于外野，农时则出而就田，须有庐舍，古言中田，谓农人于田中作庐，以便其田事"。[1]可以看出，庐为房屋的一种，位于农田之旁，不过，它的形制较为简单、粗糙。由于春夏之季为农业生产的关键时节，需要耕地、播种、施肥、除草等，是农活最为繁忙的时候。而庐在此时满足了农人耕田时休息之用，所以《说文·广部》中说："庐，寄也。秋冬去，春夏居。"庐与农业生产紧密联系在一起，成为传统农耕文化的重要景观之一。除了此种庐外，在中国传统社会中，还有其他形式的庐。在我们耳熟能详的《敕勒歌》这首敕勒民歌中，就记载了北方游牧民族所居住的庐："敕勒川，阴山下。天似穹庐，笼盖四野。天苍苍，野茫茫。风吹草低见牛羊。"游牧民族的这种庐有着悠久的历史。《史记·天官书》中称其为"穹闾"，《史记·匈奴列传》中称之为"穹庐"，现在多称其为"蒙古包"。它以木架和木栅为骨架，外面包上毛毡，固定在车里，能够随着车的移动而移动。穹庐的这种特点与游牧民族逐水草而居的生活方式相适应，为他们提供了遮风避雨的地方。农耕民族庐的建筑材料与游牧民族的庐完全不同，但是功能却有相似之处，那就是能够作为人们的生产生活场所。

在王金庄漫山遍野的梯田上，分布着众多的庐。王金庄的庐，不同于游牧民族的穹庐，而是与《诗经》中记载的庐相似，满足农业生产的需求。它们一般位于梯田的尽头，几乎不占梯田里的土地，当地人称其为"石庵子"，俗称为"岩的"。在王金庄，石庵子大致分为两种，一种就是石庵子，大多数在没有修建梯田时，先行修建，这样可以在修建梯田时遮风避雨；另一种为地庵子，俗称为"地岩的"，是在修建梯田时随地形修建的地洞，其修建目的与石庵子一样，发挥遮风避雨的功

休憩（涉县农牧局提供）

效。在革命战争年代，这些地庵子为革命立下了汗马功劳。1942年5月，当日本侵略军围攻涉县，边区政府主席李雪峰就在大南沟的地庵子里指挥群众转移。地下党员、民兵队长刘兰馨利用这些地庵子掩藏了从129师转运来的军用物资。地庵子与石庵子的最大不同在于地庵子较为隐蔽，难以被人发现，也就成为保存革命力量的重要场所。

石庵子是用石块垒成的，一般就地取材。三面用条石垒成，一面为进出的通道。它的上面用石板覆盖，一层一层，逐步向中间收缩。整个石庵子呈下方上尖形状，没有房梁和柱子。小的石庵子一般4平方米，大的一般长、宽各4米，高3米。这些石庵子虽然是在建梯田时修建的，但是在农业生产中却发挥了较大的作用。众所周知，王金庄人的耕地一般离家较远，大多数在4里以外，有些在10里之外。王金庄人如果在种地的过程中遇到狂风暴雨，这些石庵子可以说是其理想的避雨场所；如果干活干得很累，它们也是当地人休息的场所。据当地人讲，由于田地与家距离较远，一来一回，会在路上浪费大量的时间。因此，有的人家耕种土地或采摘花椒时，在没有完成的情况下，会彻夜不归。他们晚上居住在这些石庵子里，等到第二天干完活后再回家。面对着这些石庵子，我在想如果让我晚上居住在里面，我肯定会瑟瑟发抖，要是遇上狼虫虎豹，那恐怕要丧命于此。带领我到处参观的林定大叔似乎看出了我的不安，就告诉我，这里没有野兽，晚上居住在石庵子里面是十分安全

简陋的石庵子（涉县农牧局提供）

地庵子（涉县农牧局提供）

的。我心中的那份不安，此时也得以疏散。

举目望去，在每一块梯田的尽头，几乎都有一栋石庵子。这些石庵子与梯田相结合，成为王金庄梯田文化的重要组成部分，是王金庄人辛勤劳作的农耕精神的主要体现之一。如果说石庵子是王金庄人在劳作时休息的场所、恢复体力的地方，那么，他们的吃饭问题是怎么解决的，这又不得不提起另外一件非常有趣的事情，那就是野炊。

野炊，即在野外做饭、吃饭。对于生活在城市中的人们而言，野炊是一件新鲜而有颇多趣味的事情，充满着田园生活的气息。面对着纷乱而又吵嚷的城市，久置其中的人们需要寻找心灵的慰藉。拥有田园风光的农村野外，成为人们的首选。他们来到这些地方，一方面欣赏着乡村美景，另一方面还要解决吃饭问题。露天吃饭，也就是所谓的野炊，由此拉开了序幕。城市人的野炊更多的是以快餐食品为主，或者根本不需要生火做饭。在我们看来，这些野炊徒有形式，彰显了工业文明的成就。然而，王金庄人的野炊，尽显传统农耕文明，呈现出真正的田园风采。对于当地人来讲，野炊是在艰苦的生存条件下主动适应环境的应对性抉择，其中掺杂着几缕无奈和天然的乐观态度。既然他们无法改变环境，那么只能主动适应环境。王金庄山高沟深，人多地狭，农田离家平均都在3千米，走一趟快则40分钟，慢则1个小时以上。如果中午回来，有一半以上的时间都浪费在路上了，这对于惜时如金的农民们来讲，是坚决不能接受的，所以他们的午餐一般都在田地里解决。这类进餐行为，在当地被称为野炊。

王金庄人的野炊有各种各样的方法，就地取材，简单易行，十分便捷。有的用石板做饭，先用石块搭起一层薄薄的石片，石片下面生火，上面烙东西吃。有时会烙柿饼，把软软的红柿子放在上面，一直烙到红中透黄、黄中透焦。柿子的香味随着热气不断在鼻子前萦绕，让人垂涎

标准的石庵子（涉县农牧局提供）

三尺。当然了，在烙柿饼以前，先要把石板擦干净。一般是当石板被烧
到一定火候的时候，使用白嫩的核桃仁擦石板。还有在地上挖坑来烧东
西吃的。如果想吃山药，在地上挖好坑后，先把土块烧好，然后把山药
放下去后，再用这些烧好的土块迅速填满坑，压平压实。大约一顿饭的
工夫，山药就烧好了。剥开山药的皮，露出白嫩的肉，山药透着香喷喷
的热气，外焦里嫩，可以让人大饱口福。有的进行烧烤，把嫩玉米穿在

木棍上，放在火堆上慢慢地烧。一般而言，带有玉米皮的要比不带皮的好吃。这些简要的野炊方法，从大人到小孩都会。对于大人而言，经历了辛勤的劳作，这些食物恐怕很难填饱肚子，于是还需要进行更加复杂的野炊活动，这就要用锅来煮饭。

用锅煮饭，一般是家里的成年人来操办，没有任何烹饪经验的孩子们在条件简陋的情境下是做不出可口美味的饭菜的，这就需要大人的指导。大人们在干农活的同时，不断地告诉孩子，先放什么，后放什么，烧火也不要着急，慢慢地烧。可是孩子们非常着急，总希望饭食很快煮熟，对于大人们的谆谆教导，他们自然有应对的办法，那就是"你说你的，我做我的"，结果烧出来的饭不尽如人意。当然了，很多时候是大人们亲自做饭，在耕作休息之际把饭做好，耕作与吃饭二者皆不耽误。

一般而言，柴火可以就地取用，其他食材自备或者在田地里就地采摘。从烹饪的方法来看，野炊基本以原锅焖饭为主，食材有小米和萝卜条、土豆、豆角、南瓜等。唯一不太方便的恐怕就是水的问题。当地人除了在自己的家里打水窖外，还会在地里打水窖，这样既可以灌溉农田，又可以解决野炊时吃水的问题。然而，受气候的限制，水窖一般夏季有水，其他季节基本上为干枯状态。所以，春耕时节人们除了带食材外还得带水，不仅为自己带，还为牲畜带。干活用的农具、装水用的水具，还有锅碗瓢盆、粮食蔬菜等，夹杂在一起，被人们带到农田，浩浩荡荡，乒乒乓乓。

艰苦奋斗的野炊习惯，王金庄人至今保留着。在坡场沟谷，到处都可以看见野灶火。不过，随着社会的发展与进步，野炊的形式和内容都发生了质的变化，同时也由过去单纯的充饥目的变得更讲究营养。做饭既不用铁锅，更不用砂锅，而是改用铝锅或不粘锅。所吃的食物，也不再是糠糠菜菜，而是大米或白馍，或者方便面。历史在不断地发展，王

采摘花椒时的野炊（涉县农牧局提供）

路边野炊（涉县农牧局提供）

金庄人的生活也在不断地改变，工业文明的号角已经吹到了王金庄的角角落落，传统的野炊习俗逐步地与工业文明的成就相结合，但这无法改变王金庄人心灵深处传统的农耕文明情结。

注释

[1] ［汉］毛公传，［汉］郑玄笺，［唐］孔颖达等正义：《毛诗正义》，上海古籍出版社，1990年，第460页。

石板街上的排水系统

05

居住在半山腰的居民在2016年的洪水中安然无恙，房屋得以保存，财产也未受到损失，这是与其排水系统密切相关的。王金庄依山而建的房屋，像梯田一样，排列在山坡上。如果从远处看，层层叠叠，气势十分壮观……

传统中国为农业社会，农业生产在社会经济结构中居于重要的地位。由于农业生产是社会再生产与自然再生产的有机结合，在影响农业生产的自然因素中，水是核心要素之一。从种子的发芽到作物的发育，都需要水的滋养。离开了水，农业生产将无以为继。水在推进农业生产发展的同时，也带来了无尽的祸患。水灾泛滥，摧毁了农田，使得人们的生命财产遭受巨大的损失。正因为如此，中国人对水的记忆十分深刻。在中国早期的文化记忆中，洪水是不可缺失的重要内容。人们遭受着洪水的肆虐，为了改善人们的处境，帝尧任命禹的父亲鲧来治水。由于鲧采取堵的方式治水，洪水愈演愈烈。于是，帝尧命令禹治水。禹采取疏导的方式，使水归其道，解决了困扰人们的洪水问题。大禹在治水的过程中，任劳任怨。

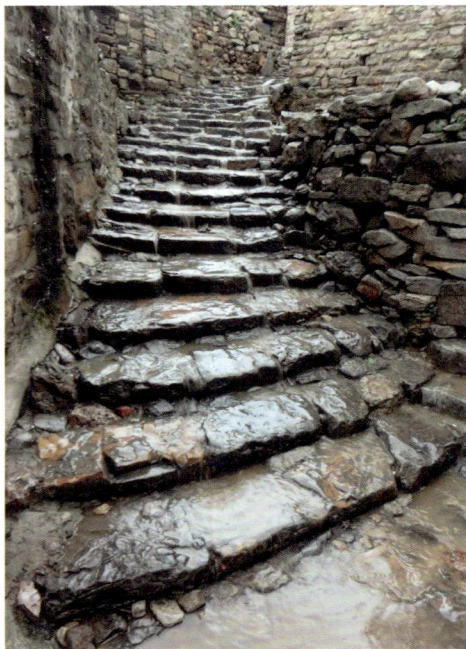

石板街上的流水

《史记·夏本纪》载："禹伤先人父鲧功之不成受诛，乃劳身焦思，居外十三年，过家门不敢入。"[1]大禹的贡献，使得他成为千百年来被人们歌颂的治水英雄。自此以后，"治水即治国，治国即治水"成为中国的传统。治水也是历朝历代政府的重要职责之一，即通过水利工程的修建，解决洪涝灾害的威胁和农业生产用水的问题，保持社会的稳定和经济的发展。

一个国家的发展与进步，需要关注水的问题；一个村落的生存，也需要关注水的问题，必须解决好用水和排水的问题。王金庄用水的问题将会另行讨论，这里主要探讨如何排水的问题。由于王金庄地处太行山深处，山地的地貌特征使得王金庄的房屋基本上依山而建，这样可以避免洪涝灾害的侵袭。然而，随着王金庄人口增加，越来越多的房屋逐步向山谷地带扩展，而这一地带曾经是河道，只不过现在已经干涸了。在山谷地带修建房屋，虽然给当地居民带来极大的便利，不过也隐藏着潜在的威胁。这种潜在的威胁与王金庄的地势有着密切的联系。王金庄所在沟谷的上游地区有一座小型的水库。当年修建这座水库的目的是既要解决三金庄所面临的洪涝灾害，又要解决当地人的用水问题。然而由于水库的库容有限，如果暴雨成灾，恐怕会威胁到沟谷地带居民的生活。因此，雨水较少的时候，这座水库给当地人带来许多的益处，但雨水较多的时候，洪涝灾害随即发生。洪水溢过堤坝，沿着干涸的河道流下来，冲蚀两旁的房屋。我印象最深刻的是2016年的洪水。突降的暴雨导致山洪猛涨，使得洪水漫过水库，顺着河道倾泻而出。位于河道两旁的房子被冲得面目全非。洪水冲走了铁皮大门，小卖店的商品被尽数卷走，人们的财产损失较大，唯一留下的是一层厚厚的淤泥。那时，为了了解洪水的形成过程，我特意去查看了这座水库。可是当我到达水库附近时，眼前几乎全部都是水，一片汪洋，只能望洋兴叹。后来，当我再一次来到这里时，一切都归于平静，洪水所带来的破坏几乎都已经被重建起来。而水库也恢复了它往日的雄姿，成为王金庄人的水源地。居安思危，居住在沟谷两边的人，或许还会面临着洪灾的威胁，希望他们能够防患于未然，彻底解决这一问题。

居住在半山腰的居民在2016年的洪水中安然无恙，房屋得以保存，财产也未受到损失，这是与其排水系统密切相关的。王金庄依山而建的房屋像梯田一样排列在山坡上，从远处看，层层叠叠，气势十分壮观。一般而言，雨水对土壤的冲刷能力随着土壤水分饱和度的增加而不断地加剧，最终引起泥石流、山体滑坡等自然灾害。王金庄的房屋排列结构减缓了山体的坡度，有效地减弱了雨水的流速，在一定程度上缓解了雨水对山体的侵蚀。由此，我们不得不佩服王金庄先人们在房屋选址和修建方面的智慧。实际上，早在新石器时代，人们在房屋选址时就已经认识到洪水与地形的关系，所以他们不会把住宅修建在离河道很近的地方。王金庄的先人们对当地地形地貌的认识十分深刻，也具有很强的防灾减灾意识，这甚至远远超过了我们当代人的一些做法，从而为王金庄的发展奠定了基础。

　　除房屋排列结构外，王金庄半山腰上的民居，它们的道路设计也具有特色，基本上是按照斜"十"字的样式布局。沿山体等高线分布的长长的街道，现在被大家一致称为"石板街"。与山体并非完全垂直的街道为台阶式的，一层一层的，斜着缓慢而上，但是这样的街道，每段不是很长。当雨水来临的时候，石板街上的雨水就会汇集到台阶式的街道上，一层一层从半山坡一直流到山底。这种斜"十"字的街道布局减轻了雨水的冲刷能力，是当地人们适应自然、改造自然的结果。记忆最深刻的是，2016年涉县暴雨过后我初到王金庄时，眼前到处都是山洪暴发后遗留的痕迹，一片狼藉。暴雨过后，当地人民在政府的领导下忙着自救，然而，雨水却时不时地光临此地，给当地人民的救灾蒙上了一层阴影。当我站在王金庄接待中心的二层楼上，举目望去，只见半山腰台阶上的雨水如瀑布一样哗哗地往下流。但是，街道和路面安然无恙，一如从前那样毫发无损。

　　王金庄最有特色的街道则是沿等高线分布的石板街。走在这些石板街上，两面的房屋参差不齐地排列着。走着走着，突然传来狗的叫声，把我们这些异乡人吓了一大跳，原来是我们影响了狗的安宁；走着走着，看到街道旁边坐着一群老人，他们并排坐在那里，有说有笑，一片安宁祥和的景象展现在我们面前；走着走着，会不断出现古香古色的门楼，虽然有的上面覆盖着一层尘土，但是依然难掩它曾经的辉煌。

为了让游客充分感受石板街的魅力，王金庄人专门修建了一条全长2000多米的石板街。目前，它已经成为一大旅游景点，吸引来自四面八方的游客。

石板街让我们领略了王金庄悠久的历史，也让我们感受到王金庄人的睿智。石板街的路面，是两边高、中间低的，两边是小块的石头，中间是大块的石板，一块紧挨一块，整齐地排列着。每当下雨时，石板街上的积水就会从高处流向低处，宛如一条小溪缓缓地向前流动着。而冒雨外出的人们走在石板街的两边，不会被街道上的雨

行走在石板街上的父子（涉县农牧局提供）

石板街上的人与驴（涉县农牧局提供）

村中老太太在自家院内择花椒（涉县农牧局提供）

用对臼捣山韭菜花（涉县农牧局提供）

水所困扰。当林定大叔带着我在石板街上走时，我和他说，王金庄人是最遵守交通规则的人，因为在石板街上行走，当所有的人都靠右边走时，一个接一个鱼贯而行，自然而然地避免了与对方行人相撞或造成拥挤。林定大叔说，这就是王金庄人的聪明之处，石板街一方面解决了排水的问题，另一方面又解决了雨天路人行走的问题，所以，石板街是王金庄人的骄傲与自豪。林定大叔又说："每当有人让我带他们参观的时候，我一定要带他们来欣赏我们王金庄人的杰作。"

走在王金庄的石板街上，我总觉得自己的脚硌得慌，原来是凹凸不平的石块在硌我的脚。我自己也想，如果在这石板街上多走几天，恐怕脚会被磨出水泡。所以，正值壮年的我总是被落下来，这也使得林定大叔不得不放慢脚步。自己的这个经历让我想起城市里的很多公园都修建了石子路，每当清晨或者傍晚时，上面总是有很多人在行走，他们借此来按摩脚底，疏通血液、活络经脉。而王金庄人却天天在这样的街道上行走，可以说，这里有天然的按摩石，这也在一定程度上促进了当地人的长寿。根据《王金庄村志》记

村中老太太用对臼捣豆沫（涉县农牧局提供）

载，2008年元月对全村人口进行调查时，结果发现79岁以上老人共62人，其中男27人，女35人，年龄最大的为92岁。我在想，是什么使得在这样一个位居太行山深处的小村落里出现这么多长寿之人。远离城市的喧嚣，自然宁静的生活氛围，日出而作、日落而息的生活习惯，简单而又充满环保理念的饮食习惯，恐怕都是重要的原因。而久处纷扰的城市之中的我们，十分向往这样一个世外桃源。

村民正在做玉米面饼子（涉县农牧局提供）

注释

[1]　［汉］司马迁：《史记》，中华书局，1959年，第51页。

惜粪如惜金

06

无论如何，三家庄人都能够充分利用农作物收获后的剩余物，一方面用它们来制作饲料，另一方面用它们来垫驴圈、进行积肥。所以，每家每户的屋外都有粪堆，甚至在三家庄的主干道上也分布着很多粪堆。这些粪堆是财富的象征、收获的希望、健康的源泉……

众所周知，肥料是农业生产的法宝之一。从古到今，我国肥料的发展大体上经历了4个阶段，分别是以使用农家肥为主的时代、生产与使用传统化肥的时代、生产和使用复合肥料的时代，以及以生物肥、有机肥、液体肥为代表的时代。在当今农业生产中，虽然人们已经使用生物肥和有机肥等，但是化肥依然是农业生产中不可缺少的肥料。化肥的大量施用使得我国成为世界化肥生产与消费的第一大国。不过，它犹如一把双刃剑，也带来了意想不到的后果，引起土壤、水体和大气的污染，导致河流、湖泊富营养化，水质下降，造成了严重的环境问题。

每当谈及现代农业生产中的环境污染问题时，我们不由得敬佩我们的先人们，他们在长期的农业生产实践中变废为宝，把日常生活的垃圾变为肥料，既解决了环境卫生问题，又实现了农业生产的可持续发展。所以，古人对肥料问题十分重视，千方百计地开辟肥源，形成了"垦田莫若粪田，积粪胜如积金"的思想，留下了大量关于积肥的农谚，如"庄稼一枝花，全靠肥当家""猪多肥多粮亦多"等。在王金庄，也有许多关于积肥的谚语，如"种地不上粪，净是瞎胡混""扫帚响，粪堆长"等。

当我们来到王金庄进行社会调查，询问当地人农业生产中肥料的来源与使用问题时，他们告诉我们，他们愿意使用传统的粪肥，不愿意使用化肥，因为使用化肥不仅破坏土壤结构，造成土壤板结，而且所生产出来的粮食不是纯绿色食品。环境污染的加剧，使得我们大家都对健康的农产品十分关注。关于健康的农产品，有着不同的说法，最为流行的是无公害农产品、绿色食品、有机食品等说法。其实，这三种类型的食品在生产技术上是有着根本区别的。无公害食品，可以科学合理地使用化学合成物；绿色食品是将传统生产技术与现代农业技术相结合，限制或禁止使用化学合成物及其他有毒有害的生产资料；有机食品则采取有

村里的老人在一起闲谈（涉县农牧局提供）

机的生产方式，绝对禁止使用农药、化肥、生长激素等各种化学物质，以及基因工程技术。由这些可以看出，王金庄人十分注重身体健康。他们还告诉我，正因为他们注重食品安全，尽量不使用化肥与农药，所以当地长寿之人比较多。我们走在弯弯曲曲的石板路上，沿途拜访了许多七八十岁的老人。让我印象最为深刻的是一位90多岁的老人。当林定大叔敲她家院门时，她迈着小脚晃晃悠悠地把门打开，站在门口和林定大叔聊天。我站在他们的旁边，虽然听不懂他们的方言，但是从他们的表情与言谈之间，可以看出这位老人思路清晰，耳不聋，眼不花，身体较为硬朗。当拜别这位老人后，林定大叔告诉我，别看这位老人年龄很大，但是她能够独立生活，饮食起居完全自主。王金庄之所以有如此多长寿之人，关键在于他们特别注意自己的生活习惯与饮食问题。他们每天过着日出而作、日落而息的生活，吃的是自己种植的蔬菜与粮食。在王金庄人看来，自己种植的农产品为无污染、纯绿色的食物，最为可靠。为了获取这样的食物，王金庄人养成了积肥的习惯，到现在依然坚守着这一传统。

沿着王金庄的石板路缓步向前，可见几乎每家每户都有驴圈。由于王金庄村依山而建，这些驴圈位于每家每户房屋的最底层，用石头砌成，面积不大，可以容纳一两头驴。驴圈里面，除放置石槽外，还在地

村里的老人在喂驴（涉县农牧局提供）

面上铺了一层厚厚的秸秆。看到这种场景，我不由得想起了《齐民要术·杂说》中记载的踏粪法："凡人家秋收治田后，场上所有穰、谷积等，并须收贮一处。每日布牛脚下，三寸厚；每平旦收聚堆积之；还依前布之，经宿即堆聚。"[1]踏粪法可充分利用农作物收获后的剩余物，每天将它们布于牛圈中，通过牛的践踏把它们与屎、尿混合在一起，形成粪肥。王金庄的积肥方法与此法很相似，只是主角发生了变化，一个是牛，一个是驴。无论如何，王金庄人能够充分利用农作物收获后的剩余物，一方面用它们来制作饲料，另一方面用它们来垫驴圈，进行积肥。所以，每家每户的屋外都有粪堆，甚至在王金庄的主干道上也分布着很多粪堆。这些粪堆是财富的象征、收获的希望、健康的源泉。但是，它也带来了另外一个问题，那就是环境卫生的问题。走在王金庄的道路上，随处可以看见一堆堆粪肥，也可以看到牲畜所留下的一块一块粪便，稍不留心，很有可能会踩到这样的粪便。同样，家家户户的厕所与牲畜圈也分布在道路的两旁，时不时臭味从中传出，这对当地人来说，可能习以为常；然而，对于一个外地游客而言，恐怕不能习以为常了。如何把积肥的传统与环境卫生的清洁工作有效地结合起来，恐怕是当地政府和王金庄村民所面对的一个重要问题。

当地人除养驴积肥外，还广泛开辟肥源，充分利用日常生产生活中一切可以利用的废弃物，如秸秆、人粪尿、落叶草皮、炕土与下房土等，把它们制成泥肥、绿肥、草木灰、饼肥、骨肥、灰肥、矿肥、杂肥等肥料，并创造出沤肥、堆肥、熏土、制粪丹等一系列肥料积制方法。在施肥的过程中，当地人注重增施底肥，辅以追肥，做到了"施肥得理"。此外，王金庄人注重生物养地，通过轮作与复种改变土壤的生理特性，增加土壤的腐殖质含量。总之，王金庄人因地、因时、因物制宜，进行耕作与田间管理，注重用地与养地相结合，改善土壤结构，增加土壤肥力。这样，土地越种越肥，粮食产量也越来越高，王金庄没有出现地力衰竭的问题。

从中国农业发展史来看，王金庄人这种强烈的积肥意识，是对中国传统农学思想施肥理论的继承。战国时期，我国就已经形成了"多粪肥田"的思想。到了宋元时期，人们提出了"用粪犹用药""地力常新壮"的理论，标志着传统社会施肥理论的成熟。在中国传统的农书中，对这些施肥理论进行了系统的记载。宋代《陈旉农书》中说："土壤气脉，其类不一，肥沃硗埆，美恶不同，治之各有宜也。且黑壤之地信美矣，然肥沃之过，或苗茂而实不坚，当取生新之土以利解之，即疏爽得宜也。硗埆之土信瘠恶矣，然粪壤滋培，即其苗茂盛而实坚栗也。虽土壤异宜，顾治之如何耳；治之得宜，皆可成就。"[2]针对不同土壤的物理性质，采取不同的施肥措施，目的则在于实现粮食的丰产。《陈旉农书》中还说："若能时加新沃之土壤，以粪治之，则益精熟肥美，其力当常新壮矣。"[3]元代《王祯农书》也指出："夫扫除之猥，腐朽之物，人视之而轻忽，田得之为膏润，唯务本者知之，所谓惜粪如惜金也，故能变恶为美，种少收多。"[4]我们的先人们已经对肥料与农作物的生长关系有了较为深刻的认识，并着重强调了粪肥在农业生产中的重要地位，把它与金子相提并论，同等对待。

驴与驴粪

田里的有机肥

屋前的农田

在传统时期的人们看来，粪肥是保证农作物正常生长发育的重要条件，因此，如何开辟肥源、提高肥效以及合理施肥等问题受到人们的普遍关注与重视。传统施肥理论的形成奠定了中国传统农业可持续发展的基础，使得中国传统农业文明延续不断。王金庄人这一施肥传统的形成还与当地地形地貌的特点有关。当地几乎所有的农田都依山而建，而太行山恰恰又是石质山，石多土少，因此，所修建的农田大多数存在石厚土薄的问题。为了确保这些农田能够种植粮食，实现丰收，当地人特别注意农家肥的施用问题。到了现在，他们较少甚至不用无机肥，因为长期的生产实践使他们深知农家肥与无机肥的优劣，以及它们对土壤与农作物的影响。为了长远利益，当地人一直以来以施用农家肥为主，千方百计地积肥，形成了"惜粪如惜金"的优良传统。总而言之，从今天生态农业的角度来看，这一传统应该得以继承与发扬。

注释

[1]　［后魏］贾思勰著，缪启愉校释：《齐民要术校释》（第二版），中国农业出版社，1998年，第24页。

[2]　［宋］陈旉著，万国鼎校注：《陈旉农书校注》，农业出版社，1963年，第33页。

[3]　［宋］陈旉著，万国鼎校注：《陈旉农书校注》，农业出版社，1963年，第34页。

[4]　［元］王祯著，王毓瑚校：《王祯农书》，农业出版社，1981年，第38页。

传统农具 07

上地干农活的妇女（涉县农牧局提供）

　　我从小生活在农村，直到高中毕业，考上大学后才离开农村，可以说，识得五谷杂粮，粗通农业耕作。虽然我现在已经不在农村生活，但是以前在农村生活的场景依然会不时出现在我的头脑中，每当我回到农村的时候，一种亲切感会油然而生。然而，今日我们所看到的场景已经完全不同于昔日的农村。记得小时候的农村，人们非常爱惜农具，每次干完活后会把农具上的土剔除干净，然后放在家中；有些农具的使用具有时节性，如播种用的耧、平地用的耙、碾小麦用的木杈等，使用完这

修建梯田（涉县农牧局提供）

些农具后人们会把它们收拾干净，修复完备，整整齐齐地放在家中，以备来年之用。今天在许多地区的农村，由于机械化农具的大规模推广，很多传统农具如耧、犁、耙等已经不再使用，被置于室外，任凭风吹日晒，也不觉得可惜。就连现在农村中的孩子们，对这些农具也已经十分陌生。此情此景，让我不禁感慨万千，传统农具，受现代机械农具的影响，似乎正在被潜移默化地消融掉。

当我们来到王金庄进行调查的时候，却发现这里的人们依然在使用

犁（涉县农牧局提供）

传统农具。究其所以，王金庄特殊的地理环境使得机械化的农业生产工具无法大规模使用，农业生产只能依靠传统农具。王金庄地处太行山深山区，素有"八山半水分半田"的说法。当地人们基于生存的需要，在山上修建了大量的梯田。这些梯田不像平原地区的土地分布匀称，而是呈现碎片化分布的特点，单块面积较小。在这样的环境中，农业生产自然无法采用机械化的农具，只能依靠传统农具。可以说，特殊的生存环境造就了当地传统农业文明的延续。平原地区由于地理环境的优势，适于机械化农具的使用，从整地到收获，普遍使用机械化农具，生产效率大为提高，这无形中减轻了人们的劳动负担，机械化农具自然备受人们的欢迎。我记得很清楚的是，在我小的时候，由于家庭条件的限制，家里的小麦只有一小部分是用收割机收割的。为了减轻家人的负担，我自己也用镰刀割小麦。在收割的过程中，我总希望赶紧割到地头，可是，越这么想，反而割得越慢。由于家里劳动力较少，父亲每到收割小麦的时节总会累倒。所以，当时我特别羡慕拥有收割机的人家。时至今日，随着农业技术的发展，平原地带大多采用机械化的生产方式，传统的农业生产工具几乎没有用武之地。

在王金庄，人们所使用的农具整体上可以分为整地农具、播种农具、收割农具、粮食加工农具等。其中，整地农具包括铁犁、耢、铁锨、锄头和镢头等，播种农具为耧，收割农具为镰刀，粮食加工农具为碾磙。

在整地农具中，使用较为普遍的是铁锨。铁锨，又称"铁锹"，是用钢或熟铁打制成长方形片状，并在其一端安装上木把。除长方形片状外，有的铁锨呈上方下圆的形状。铁锨在日常农业生产中的功用较多，人们用它来翻地、收拾田头地角，还用它打扫、收拾驴圈中的粪肥。人们把粪肥堆积在一起，等熟化后，用铁锨将它们装在筐里，再让驴驮到山上的梯田里，然后又用铁锨把这些粪肥撒在地里。铁锨也是打扫庭院的工具，用它铲除房前屋后的杂草，栽种树木。铁锨也被用来修盖房屋，人们用它和水泥、沙子。总之，在王金庄人的日常生活中，铁锨发挥着重要的作用。这里所说的功用仅仅是其中的一部分，当你来到王金庄后，自然会体会到铁锨的众多用处。

与铁锨相比，铁犁的功用相对较为简单，只是用来犁地和翻地。当提及铁犁时，我不由得想起了春秋战国时期的"铁犁牛耕"。众所周知，铁犁牛耕所带来的生产力的巨大发展，使得井田制和分封制退出历史舞台，迎来了社会大变革，促使了地主阶级的出现。各诸侯国通过变法以图霸业，然而，变法最为成功、最为彻底的则是秦国。而秦国成就霸业、统一天下的基础，是与铁犁牛耕分不开的。根据《战国策》中的相关记载，铁犁牛耕在秦国已经普遍使用，推动了土地的大规模开垦，实现了农业生产的快速发展。传统时期的铁犁是和牛联系在一起的。作为国之重器的马，有时也会被用来作为农耕的动力，但其应用远不如牛耕普遍与广泛。王金庄的铁犁是和驴联系在一起的，可以称其为"铁犁驴耕"。驴作为主要的畜力，带动铁犁犁地，这成为当地人犁地的主要方式。可以说，铁犁驴耕构成了王金庄独特的风景线，造就了其特有的驴文化。

王金庄的铁犁是由犁把、犁辕、犁铧等部件构成。其中，犁把为木制的，较细，犁辕为铁制的，大约1.2米长，呈弓形，重量在10千克左右。王金庄铁犁的这种结构，缩短了犁辕，减轻了犁的重量，使得整个犁架看起来小巧玲珑，易于操作。当看到王金庄的铁犁时，我不由得想起了唐代陆龟蒙著作《耒耜经》中所记载的曲辕犁。唐代以前，人们较为普遍使用的是直辕犁，这种犁较为笨重，适宜平原地区农田的耕作，在华北地区十分流行。但是，对于江南的水田而言，直辕犁无法使用，于是有了曲辕犁的发明。曲辕犁将直辕改为曲辕，整个犁架变轻变小，便于掉头转弯，易于操作，节省了人力和畜力，特别适宜碎片化分布的江南水田；而且还加长了犁把，这样使得扶犁的人不用弯腰就能操作。王金庄的铁犁，是与当地梯田的形状相适应的。正是分布于漫山遍野中呈小块状的、碎片化的梯田，才使得当地人使用类似于曲辕犁的铁犁。在我的家乡，以前人们所使用的犁除犁铧外几乎全部是用木材制成的，整部犁看起来体形庞大，这种犁是平原地区直辕犁的延续和发展。总之，与平原地区的犁相比，王金庄的犁可谓独具特色，是人与环境互动的产物。

耧作为主要的播种工具，是王金庄农业生产不可或缺的工具。早在先秦时期，人们已经提到了农作物的播种问题。《诗经·周颂·载芟》载："有略其耜，俶载南亩。播厥百谷，实函斯活。"但是，使用什么

楼（涉县农牧局提供）

样的播种工具，《诗经》等文献中并没有明确的记载。到了西汉时期，作为播种工具的耧开始被使用。据说它是由搜粟都尉赵过发明的，当时称之为"耧犁"或者"耧车"。东汉崔寔在《政论》中对它的功能进行了记载："其法三犁共一牛，一人将之，下种，挽耧，皆取备焉。日种一顷。至今三辅尤赖其利。"[1]由于利用耧可同时完成开沟、下种和覆土等工作，而且一次还能够播种三行，提高了播种的效率和质量，故耧深受人们的欢迎。除了三脚耧外，在耧的形制上，还有两脚耧和一脚耧。《齐民要术·耕田》中记载："三犁共一牛，若今三脚耧矣，未知耕法如何？今自济州以西，犹用长辕犁、两脚耧。长辕耕平地尚可，于山涧之间则不任用，且回转至难，费力，未若齐人蔚犁之柔便也。两脚耧种，垄概，亦不如一脚耧之得中也。"[2]元朝农学著作《王祯农书》中还记载了四脚耧。在王金庄，所使用的耧分为三条腿种（耧）、两条腿种（耧）和一条腿种（耧）。一般而言，较为广泛使用的是三脚耧。

播种（涉县农牧局提供）

它与传统时期耧的形制基本一致，是由耧腿、耧斗、耧拐、耧铧、耧辕杆等组成，长约1.7米，宽约0.45米，重量约12千克。由于耧主要用来播种，所以在使用时可以借助人力牵引，但是在大多数情况下是以牲畜作为动力，同时由人来牵引牲畜。这是由播种的特殊性所决定的。播种主要是把种子撒在地里，涉及种子的间距、稀稠问题，过于稠密或者过于稀疏都会影响农作物的生长和收成。因此，只有在人的牵引下，在保证种子行距得当的情况下，牲畜才会以较为合适的速度匀速前进。此外，王金庄的梯田位于半山腰上，为了保证牲畜和农人的安全，也需要有人来牵引牲畜。播种完毕后，还需要用砘子把土壤压实。砘子是由石头加工而成的农具，用它压土是为了保墒。这主要是因为小米一般在春季种植，而春季恰好是北方地区气候干燥、雨水较为稀缺的时候，为了给种子提供一个良好的发芽环境，必须用砘子压实土壤。

这里我们总言谈及王金庄的三种主要农具，它们是王金庄传统农具的主要代表。实际上，在王金庄还有许多传统农具，它们依然在发挥着重要的作用。如果你想认识传统农具，了解传统社会的农耕方式，那就来王金庄体验吧。

注释

[1]　［后魏］贾思勰著，缪启愉校释：《齐民要术校释》（第二版），中国农业出版社，1998年，第50页。

[2]　［后魏］贾思勰著，缪启愉校释：《齐民要术校释》（第二版），中国农业出版社，1998年，第50页。

水窖与水井

08

王金庄地处太行山深处，山地与沟谷相间的地貌特征、典型的温带大陆性季风气候特点使得当地人民获取水资源的方式以水窖和水井为主，形成了具有特色的水文化……

王金庄村头广场（涉县农牧局提供）

　　农业生产离不开水，人的日常生活也离不开水，如洗衣洗澡、做饭饮用、洗脸刷牙等，都需要水。为了获取日常所需之水，勤劳的中国人民发挥自己的聪明才智，发明了各种各样获取水资源的方式，如引水工程的修建、水窖水井的挖掘以及提水工具辘轳的使用等。这些方式的广泛应用，满足了人们的日常所需，提升了人们的生活品质。然而，对于生活在不同地区的人民，因其所在地区自然环境特点的不同，其用水的方式也存在巨大的差异。在南方山区，由于水资源较为丰富，人们获取水资源的传统方式之一是把很多竹筒穿在一起，制作成封闭性的水管，形成供水系统。唐朝杜甫《引水》一诗中，专门记载了白帝城竹筒引水系统："白帝城西万竹蟠，接筒引水喉不干。"[1]李群玉《引水行》一诗中，特别关注富有南方山区特色的竹筒引水系统："一条寒玉走秋泉，引出深萝洞口烟。十里暗流声不断，行人头上过潺湲。"[2]那么，

路边的水井

北方山区的人们是如何获取水的？透过王金庄，我们可以有所了解。王金庄地处太行山深处，山地与沟谷相间的地貌特征、典型的温带大陆性季风气候特点使得当地人民获取水资源的方式以水窖和水井为主，形成了具有特色的水文化。

水窖和水井作为人类的重大发明，为人类文明的发展创造了重要条件，做出了巨大贡献。二者虽然都是人工修筑的，用途具有相似之处，但是在水的来源方面存在本质的区别。水窖为封闭式的储水场所，里面的水主要是从别处引来或者由收集的雨水汇聚而成，一般为死水。当然了，这也涉及另外一个问题，即水窖的防渗漏技术，这直接关系到水资源的贮存问题。而水井为开放式的，它里面的水源自地下水或者地下涌出的泉水，为活水。

王金庄地貌以山地为主，水资源分外稀缺，村民也格外珍惜水。自

石头民居内的水窖

古以来，当地人就有打水窖的传统，一般家家户户都有水窖，较富裕的村民拥有好多眼水窖。这些水窖或在院子里，或在路边，或在田地里。但是，院子里的水窖，一般分布于半山腰上的村民的家中。其原因在于这些地方地下水位较低，使用地下水较为困难；而如果从山沟地带挑水上去，恐怕也是十分不易的。通过水窖，收集雨水，可以解决他们的吃水问题。王金庄的房屋结构以四合院为主，一般在四合院的正中，设置一个水窖。水窖为瓮形结构，水窖的取水口非常小，这样就相对比较安全，不易发生坠井等意外。当我看到这样的水窖时，不由得想起我家乡所在地——关中地区的水窖。在关中农村，水窖的取水口较大。在小的时候，当我站在水窖旁边，感到特别害怕，担心自己一不小心会掉下去。事实上，也有小孩掉下去过。那王金庄半山腰上的村民是怎么收集雨水的？在询问当地村民后，我们才得知其中的奥秘。由于王金庄房屋的建筑材料主要为石头，院子里地面也是用石头铺成的。当下雨的时候，村民会把屋顶上与院子里打扫干净，由于石头不会吸水，雨水很容易汇集起来流进水窖。如果雨下个不停，而水窖的容量有限，多余的雨水就会通过院子里的排水系统排到屋外，从而确保水窖和房屋的安全。

在王金庄，沿着沟谷地带也就是王金庄主街道的两边分布着许多井。当我们在王金庄村里走访时，或在街头巷尾，或在隐蔽的一角，或在村民家中，都会发现井的存在。在当地村民的指引下，我们一一查看这些井。其中一口井最让我们难以忘怀，村民告诉我们，这口井无论下雨与否，天气干旱与否，它的水位常年保持稳定，非常神奇。我们得知，2016年暴雨所引发的洪水将许多水井冲坏，为了保证用水正常，人们对这些井重新进行修缮，所以有些井的真面目尚未完全显现。与此同时，我们也看到，王金庄在政府的支持下也开始修建自来水系统，从而进一步保障了村民的用水需求。

这些井有的已有数百年历史，根据当地的《进士娘娘庙碑记》推测，至少在清朝前期，当地人已经开凿水井；有些则比较年轻，是近几十年挖掘的。这些毫不起眼的井却是王金庄人赖以生存的生命之源。这些井水可以常年取用，不会枯竭，给村民的生产生活提供了诸多便利。由此可见，水井已经成为当地人生活的一部分。围绕着这些井，也形成了一些美丽的神话传说故事。

王金庄四街村中，有一口石垒石砌的圆形水井，村民称之"如意井"，井深两米多，井的四周建有石栏，上面雕刻着山水画。关于这口如意井，还流传着一则凄美感人的传说故事。相传，很久以前有一位美丽的仙女，名叫"如意"，她下凡后与一位勤劳、善良的男子在王金庄相识、相知、相爱。但是，仙人与凡人相爱，上天是不允许的。王母娘娘对如意的痴情十分恼火，于是将她抓了回去，打入天牢。身在牢狱之中的如意，坚贞不屈，只要想起与她相爱的人，便哭得肝肠寸断。这一滴滴泪水化作一汪清泉，以表示对爱情的忠贞不渝。为了纪念仙女如意，人们将泉水所形成的井取名"如意井"。这口井清澈见底，可以满足全村村民的用水需求，泉水一年四季不断涌出，入口甘甜。

据考证，如意井的井水可以治胃病，含有人体所必需的多种矿物质，如钾、镁、钙等。由于村民常年饮用如意井的井水，王金庄村成了远近闻名的寿星村，有很多80岁以上的高寿老人，他们身体硬朗，耳聪目明，行动自如。来村里旅游观光的游客们听闻此事后，对这口井也格外好奇，他们总是在如意井前逗留，狂饮泉水，甚至有人会装一些水带回去，希望沾沾王金庄的福气。

除了如意井的传说外，王金庄还流传着南北姊妹井的故事。相传，明嘉靖二年（1523年）连续三年大旱，虽然已是夏至节令了，但是人们的谷种还在各自的瓦缸里放着，无法下地。天干地裂，以至于山坡上的不少树木都被旱死了，全村村民不得不到离村30里远的古台挑水吃。但由于取水的人太多，往往只有身强力壮者能够很快担到水，而年老体弱者只能等到深夜人少时才能取得上水。村里的王通是个身形彪悍的大

水桶与水窖

汉，他打好水后在回村的路上遇到一个老汉，这老汉蓬头垢面，眼睛也不睁，嘴唇起着燎泡，只听见他微微地喊道："干死我了，干死我了，我要喝水。"王通见此情景，动了恻隐之心，立即取水给老汉喝。喝了点水后，老人才抬起头睁了睁眼，又呻吟道："饿死我了，饿死我了。"王通只好从干粮口袋里掏出仅剩的糠窝窝，老汉狼吞虎咽地吃了下去。接着狂风大作，路边的老人不见了，王通丈二和尚——摸不着头脑，便回家了。

由于劳累了一天，王通吃罢晚饭后早早就入睡了。睡梦中，王通梦见白天喝他水的老人，不过此时他已是身披道袍，童颜鹤发，手握拂尘。这位老人对王通说："人们真憨，村下就有水，还跑那么远打水。"王通疑惑地问道："哪里有水？"老人回答道："就在姐妹俩的脚下。"说罢，王通便醒了，对梦境迷惑不解。次日清晨起来，前一晚

房屋边缘的水井

的梦依然萦绕在他的心头。他再次前往古台挑水，途中发现本族王锡昌叔叔的两个女儿大香和二香也在挑水。王锡昌叔叔膝下无儿，近来又有病，挑水的重任自然就落在了女儿大香的肩上。王通看到她们姐妹俩，猛然想起前一天晚上的梦，就用石头在大香站的地方做了一个记号。此时来了一位算卦先生，王通便叫住了他，把遇到喝水老人和夜里的梦讲给他听，先生掐指一算，说："那是吕洞宾显灵了，就在老人家指点处打井吧，有水无疑。"于是，在乡民们的共同努力之下，一口井打出来了，井水清澈甘冽。南井打成后，仍不能满足人们的需求，接着人们就在当时二香站过的地方又挖出一口井。当地人习惯称这两口井为"姊妹井"，这两口井一直饮用到当下，甚至在旱灾较为猖獗的年代里，它们依然出水不停，俨然成为王金庄人的"救命恩人"。

注释

[1] 曾祥波：《杜诗考释》，上海古籍出版社，2016年，第422页。

[2] ［唐］李群玉等撰，黄仁生、陈圣争校点：《唐代湘人诗文集》，岳麓书社，2013年，第58—59页。

养人的小米

当我们8月再次来到王金庄的时候，漫山遍野的谷穗低着头，在一块块梯田上随着山风来回摇曳，仿佛在向我们这样远道而来的客人招手，欢迎我们来到王金庄，又仿佛向我们展示着王金庄人的劳动成果……

王金庄所种植的小米，亦称"粟""谷子"。它为禾本科狗尾草属，一年生草本植物，是由狗尾草经人工驯化而来。在中国北方地区，一般称其为"谷子"，去皮后则被称为"小米"。提及粟，我们不由得会谈及它的另外一个名称——"稷"。粟与稷是同物还是异物？这一问题自古代以来就存在分歧。然而，根据当代学者的研究成果，它们为同物异名，只是使用的场合有所不同。"粟"为社会用词，而"稷"为庙堂用语。与稷相伴随的，则是社稷观念的形成。《史记·孝文帝纪》载："朕获保宗庙，以眇眇之身托于天下君王之上，二十有余年矣。赖天地之灵，社稷之福，方内安宁，靡有兵革。"[1]社稷为国家的象征。至于社稷的具体含义，东汉《白虎通》进行了详细的说明："王者所以有社稷何？为天下求福报功。人非土不立，非谷不食，土地广博，不可遍敬也，五谷众多，不可一一祭也，故封土立社，示有土尊。稷，五谷

秋收（涉县农牧局提供）

之长，故封稷而祭之也。"[2]社用来象征土地，稷用来代表五谷，被尊为"五谷之长"。稷也就是老百姓经常所提及的小米，在传统农作物中具有崇高的地位。

粟在我国有着悠久的种植历史，可以说是中国本土起源的农作物。著名学者何炳棣指出："中国古代人民种植的是水稻和粟，饲养的是猪和狗这些原产于该地的物种，看不到外来影响，当西方引入的小麦、大麦、山羊最后到达中国之时，已是一个发达的农业文明建立以后的事了。"[3]随着考古学的兴起，在我国的许多遗址中都发现了粟的遗存，如河北徐水南庄头遗址、北京门头沟东胡林遗址、河北武安磁山遗址、陕西西安半坡遗址等。可以说，出土粟的遗址遍及中国的大江南北，分布于河北、陕西、河南、甘肃、辽宁、山东、江苏、新疆、内蒙古等省区。在这些遗址中，河北武安磁山遗址所发现粟的遗存距今8700年至7500年，是目前能够确定的栽培粟的最早文化遗存之一。涉县距离武安60千米左右，也在栽培粟的区域之内，这从《嘉庆涉县志》中所记载的涉县物产就可以看出。

粟为喜温植物，种子发芽期间所需要的最低温度为7℃，在24~25℃发芽最快，生长其间温度以25~35℃最为适宜。王金庄属于温带大陆性季风气候，年平均温度为13℃，最高温度为40.5℃，最热月7月平均温度为25.5℃，可以说适宜粟的种植。此外，粟还有耐旱性的生物学特性。王金庄干湿季节分明，4月至6月及10月为干旱期，7月至9月为湿润期。王金庄人一般是在清明时节种植谷子，由于这一时期气候比较干旱，而谷子的耐干旱特性能够克服这种气候环境。王金庄人所种植的粮食作物中，谷子的种植面积历来最大，为当地村民的主要口粮。当我们6月中旬来到王金庄后，谷子大概有10厘米高，村民们在谷子地里除草和间苗。只见他们坐在小板凳上，低着头，聚精会神地忙碌着，生怕漏掉

掐谷穗（涉县农牧局提供）

一根杂草。当我们从他们身边经过的时候，他们也无动于衷，沉浸在自己的一片天地中。当我们8月再次来到王金庄的时候，漫山遍野的谷穗低着头，在一块块梯田上随着山风来回摇曳，仿佛在向我们这群远道而来的客人招手，欢迎我们来到王金庄，又仿佛向我们展示着王金庄人的劳动成果。春种夏长，收获的季节也该不远了，一年的辛勤劳动也将得到回报。

谷子有早熟和晚熟之分。《齐民要术》中对此就有记载："二月、三月种者为稙禾，四月、五月种者为穉禾。"[4]稙禾为早熟的谷子，穉禾为晚熟的谷子。王金庄人一般在清明前后种植谷子，主要为晚熟的谷子。随着农业科技的发展，王金庄所种植的谷子品种也在不断发生着变化。1952年以前，谷子品种有二指红、来五先、白流沙、瓦里屋等；1953年开始试种白农1号、大将军、大青谷、小黄糙、大黄糙等，平均亩产增产40斤[5]左右；1964年引进东风谷；1966年又引进了7个新品种，它们是兴农724、金钱子、二撒红、半夜来、北京332、长农3号、马机嘴等。[6]虽然王金庄谷子的品种不断发生着变化，可是在管理方面，当地人依然采用较为传统的方式。前面所提及的间苗与除草，就是采用人工的方式一根根地拔掉。随着谷苗长高，当地人还是以人工的方式除草。此外，他们采用传统的锄地方式锄地，每月至少3次。《齐民要术》中载：

"锄不厌数，周而复始，勿以无草而暂停。"[7]锄地次数较多，不只是为了去除谷子田中的杂草，也是为了提高谷子的品质。《齐民要术》亦载："锄者非止除草，乃地熟而实多，糠薄米息。"[8]锄地所带来的直接效果，不仅在于提高出米率，而且使得小米品质较好，吃起来口感也好。

谷子吸肥量较多，较为消耗地力，一般不宜连作。《齐民要术》载："谷田必须岁易。"[9]王金庄人对此也有认识，当地有"年年谷，不如不"的说法。他们一般实行轮作制，一茬种植玉米，一茬种植谷子。古人在种植谷子的时候，一般认为豆类作物为前茬作物是比较好的。这是因为豆类作物的根瘤菌具有固氮作用，能够增加土壤的肥力。前文已经提到，王金庄当地人至今还保留着积肥的传统，在街道的两边、房前屋后，都能看到粪堆；在一些尚未种庄稼的田地里，也会看到粪堆。与种其他作物一样，王金庄人种谷子也是使用农家肥。我跟村民们说道，施用化肥能够大幅度提高产量，可以增加他们的收入。可是，他们认为施用化肥虽然能够提高收成，但是所生产的谷子品质不好，只有施用农家肥才能生产出品质较好的谷子，而且还容易卖到好价钱。因为在他们看来，现代人不仅希望吃得好，更希望吃得健康。他们还说当地的蔬菜几乎全都施用农家肥，我就和他们开玩笑说："你们这些蔬菜，要是卖到城市，那应该是十分畅销的。"当我经过菜地的时候，看到那一排排西红柿、一行行豆角时，我是多么向往这种悠然自得的田园生活。

调查结束快要离开王金庄的时候，我托熟悉的当地人给我买了10斤小米，想带回家看看到底与超市买的有什么区别。回到家的第二天，家人就将其熬成小米粥，结果发现的确是比超市的要好，黄黄的，黏糊糊的，也香喷喷的，吃起来口感也好。俗话说，酒香不怕巷子深，可能我孤陋寡闻，确实不知道在太行山的深处竟然隐藏着这样一个有机农产品

碾谷（涉县农牧局提供）

筛谷（涉县农牧局提供）

窖（涉县农牧局提供）

生产基地。后来我才知道，王金庄所产的小米是著名的"娲皇宫"牌小杂粮的重要组成部分，曾经获得"第八届中国（廊坊）农产品交易会名优产品"称号。可以看出，这些有机小米有着自己的殊荣，只是应该加大宣传的力度，带动更多的村民致富。

收获后的小米如何储藏也是王金庄人所面临的一个问题。当地有"瑄存小米窖藏菜"的说法。所谓"瑄"，是用木头制成的，与柜子相似，主要用于储存小米。一个瑄能够存1000多斤小米，可以满足一家四五口在颗粒无收之年的饮食需要。当地人之所以储存这么多粮食，是为了应对灾荒。在王金庄，有"十年九旱""六十年一大水，三十年一小水"的说法，旱灾与涝灾的频繁发生严重影响农作物的收成，使得当地人意识到粮食储存的重要性，因此，他们时刻牢记着"家中有粮心不慌"的古训。到了今天，有的村民家中还存放着30多年前的粮食。虽然今天的粮食供应十分充足，但是居安思危的精神值得提倡。

有瑄的人家，常常还在堂屋下面挖一个窖，用来储存蔬菜和红薯之类的副食。窖里恒温恒湿，为蔬菜的储存提供了良好的环境，保证了它们不会出现糠心、长芽的问题，解决了冬季蔬菜的需要。不同地区的农村有着不同的储存蔬菜的方法，有的地方在冬季把蔬菜埋在坑中，等到吃的时候，再从口挖出一些。现在随着反季节蔬菜的大量栽植，这种储存蔬菜的方法也在日渐消亡，但是，传统的储存粮食和蔬菜的方式也是我们传统文化的重要组成部分，值得重视。

注释

[1]　［汉］司马迁：《史记》，中华书局，1959年，第434页。

[2]　［汉］班固等：《白虎通》，商务印书馆，1936年，第38页。

[3]　徐旺生：《中国农业本土起源新论》，《中国农史》1994年第1期。

[4]　［后魏］贾思勰著，缪启愉校释：《齐民要术校释》（第二版），中国农业出版社，1998年，第66页。

[5]　1斤等于500克。

[6]　王树梁主编，曹书云主审，王金庄村志编纂委员会编：《王金庄村志》（内部资料），2009年，第73—74页。

[7]　［后魏］贾思勰著，缪启愉校释：《齐民要术校释》（第二版），中国农业出版社，1998年，第66—67页。

[8]　［后魏］贾思勰著，缪启愉校释：《齐民要术校释》（第二版），中国农业出版社，1998年，第67页。

[9]　［后魏］贾思勰著，缪启愉校释：《齐民要术校释》（第二版），中国农业出版社，1998年，第65页。

致富好帮手——花椒树 10

当我们行走于王金庄村的梯田地头时，无不被生命力顽强、郁郁葱葱的花椒树所折服，它们把贫瘠的梯田装扮得生机勃勃。王金庄的花椒品质也较为优良，因色泽鲜艳、颗粒均匀、麻味充裕、香气浓郁，素有"十里香"之美誉……

　　来涉县之前，本着"不打无准备之仗"的理念，我在资料搜集方面狠下了一番功夫，从各个渠道对它的一切进行了仔细的查证。据查，涉县花椒种植历史悠久。清嘉庆四年《涉县志》中把花椒作为涉县的物产之一进行了记载："花椒佳者曰大红袍，其香烈，其味长；小椒次之；狗椒颇臭。"[1]今天，涉县花椒主要品种有大红袍、二红袍、白沙椒等。作为中外闻名的产花椒大县，涉县曾被评为"中国调味品原辅料（花椒）种植基地"，被命名为"中国花椒之乡"。甚至，涉县的花椒被国家质量监督检验检疫总局确定为"地理标志产品"加以保护。故此，该地的花椒远销五湖四海，颇受人们欢迎和追捧，成为当地农民眼中的铁杆庄稼和主要经济收入来源之一。可以说，涉县因山而生梯田，而梯田因花椒而稳固，人们则因花椒而致富。

　　花椒作为辛香类植物，原产于我国。《诗经》中有"椒聊之实，繁衍盈升""有椒有馨"的记载。屈原《离骚》中亦有"巫咸将夕降兮，怀椒糈而要之""奠桂酒兮椒浆"的记载。北魏贾思勰在《齐民要术》中，专门讲述了花椒的栽培技术和用来调味的方法。到唐宋时期，花椒作为主流调料的地位已经巩固下来。明代李时珍在《本草纲目》中指出了花椒的味道，"其味辛而麻"[2]。王金庄花椒的味道是否与李时珍《本草纲目》中的

20世纪五六十年代采花椒场景（涉县农牧局提供）

记载一致呢？就此问题，当地人在谈到当地花椒的味道时，特别与四川的花椒进行了比较。四川作为花椒的主要种植区域，也有着悠久的历史，《齐民要术》中专门记载了产于四川绵竹的蜀椒。王金庄人认为当地花椒的味道是以辛味为主，而四川的花椒则更多的是麻味，这也凸显了王金庄花椒与众不同的味道。

花椒具有诸多生长特性，例如耐旱，喜阳光，抗病能力强，易繁殖，播种、嫁接、扦插和分株等方法皆可使其繁殖。故而花椒可以在极端地理、气候条件下生长繁殖，且在大江南北广泛分布，但以西北、华北、西南地区较多。而正是这些生长习性，才使花椒在缺水的涉县山区能生根发芽、茁壮成长。花椒具有多重使用价值，浑身都是宝。它的果皮既可以用作调味料，又可以提取芳香油，还能入药，尤其对治疗慢性胃炎、虚寒等疗效独特。它的种子可榨油，亦可加工制作成肥皂。它的叶子亦能食用，娇嫩的花椒叶可以做菜吃，又可以作为调料。贾思勰在《齐民要术》中对此亦有记载，"其叶及青摘取，可以为菹；干而末之，亦足充事"[1]。趁花椒叶青嫩的时候，把它采摘来，可以腌制成菹菜，也可以晒干后研成粉末，当作香料来使用。此外，它的树干可以用来加工制作拐杖、鼓槌、手柄等，长年使用，能够活络血脉，壮骨强身，延年益寿。

花椒树为落叶小乔木或者灌木，枝干可以分为根茎、主干、主枝和侧枝等部分。这是从生物学的角度而言，但是对于我们常人而言，如果没有生物学知识，恐怕难以区分它的主干、主枝和侧枝。它的枝干向四周散开，有的直上云霄，有的弯腰低头。从它身边经过，一股股辛香味就会扑鼻而来，沁人心脾，令人陶醉。在层层而上的梯田的边缘，花椒树如同生长在悬崖峭壁上一般，巍然屹立，自由自在。它们的枝干在半空中摇曳着，不与梯田里的庄稼争天地、夺空间，这样既节省了空

间，又实现了土地资源的充分利用。当然了，如何
摘花椒，在我看来是一个问题。由于它生长在梯田
的边缘，采摘的人要十分谨慎。花椒全身都是刺，
稍不留心，就会被刺扎着。对于花椒刺扎人，我是
有着深刻印象的。我父亲在果园的前后各种了一排
花椒树，七八月花椒成熟的时候，就到了采摘的时
节。我和父母亲拿着凳子、挂钩，站在花椒树下开
始采摘，只见父母在谈笑风生之际，灵活地摘下一
把又一把花椒；而我却全神贯注，行动极其笨拙，
花椒没摘下多少，手与胳膊反而伤痕累累。面对着
王金庄漫山遍野的花椒树，我是十分忧愁。因为除
了花椒刺扎人外，王金庄人还需要时刻提防跌落的
危险。由于花椒树种植在梯田的边缘，而梯田的下
面又是一层梯田，两层梯田的距离一般在两三米之
间，如果脚下踩空，后果将会不堪设想。然而，我
的担忧是多余的，聪明的王金庄人，自有采摘的办
法。只见有人站在梯田的边缘，用带钩的树枝把伸
在梯田外的树枝拉回来，然后一手稳稳地拉住花椒
枝，另一手则摘下上面的花椒。由于花椒为一粒一
粒的，在摘的过程中会洒落，人们会在花椒树上倒
挂一把伞，这样花椒的籽粒就不会掉落在地。对于
胆大而又不怕刺扎的人，他们会站在花椒树的根枝
上，伸手去够远处的花椒。看着一粒粒饱满的花椒
籽，王金庄人既兴奋又愉悦，一年的辛勤总算有了
回报。

七月的花椒树

老人在采摘花椒（涉县农牧局提供）

　　花椒是调味品，为人们生活的必需品，拥有较高的经济价值。走进涉县，随处可见花椒树的身影，人们不放过任何一处空余的土地，在山沟坡岭、梯田堰边、路旁地角、房前屋后皆种植花椒，土地的价值被发挥到最大。当我们行走于王金庄村的梯田地头时，无不被生命力顽强、郁郁葱葱的花椒树所折服，它们把贫瘠的梯田装扮得生机勃勃。王金庄的花椒品质也较为优良，因色泽鲜艳、颗粒均匀、麻味充裕、香气浓

郁，素有"十里香"之美誉。因此，花椒成为当地居民主要的经济收入
来源之一，成为人们发家致富不可或缺的好帮手。

虽然王金庄的花椒为当地的主要特产，但是由于每家每户的产量
有限，如何有效地销售它们，实现村民收入的增加，是摆在当地人面
前的一道难题。早在清朝嘉庆年间，王金庄就在前村和后村分别建
立了前椒房和后椒房，以供外地客商收购花椒、核桃、黑枣等山货之
用。村里人亦在其中帮忙收购，从中挣取服务费。王金庄花椒进行
规模性的销售，则是在1978年改革开放以后所出现的季节性货栈。不
过，对王金庄的花椒产业产生重大积极影响的则是1996年由曹新江所
创建的王金庄花椒专业合作社。该专业合作社的目的在于解决村民花
椒销售难的问题，推动花椒产业的发展，提高花椒的质量与产量。它
坚持自愿、互利、民主、平等的基本原则，凡是从事花椒生产的农

游人与村民采摘花椒（涉县农牧局提供）

民，都可以自由申请加入。专业合作社对花椒从生产到销售，实行一条龙服务，帮助农民采购安全优质的农药、化肥等农资商品，指导农民沤制高效的有机肥，邀请专家对农民进行花椒管理与生产知识的培训，搭建销售网络和完善销售渠道。专业合作社把王金庄甚至太行山地区的花椒销售到全国各地，实现了老百姓的脱贫致富，先后被全国供销合作总社授予"百强专业合作社"称号，被河北省委、省政府表彰为"十佳农民合作经济组织"，被邯郸市委、市政府评为农业产业化重点龙头企业，被农业部评为示范专业合作社。在专业合作社的带动下，王金庄被国家定为花椒农业生产试验基地。可见，王金庄因花椒走上了富裕之路，实现了社会经济的发展。

王金庄人种植花椒，不仅仅是为了增加经济收入，还有保护梯田、保持水土的考虑。在欣赏王金庄绵延不绝的梯田风光时，我们发现花椒树大多种植在梯田的边缘地带，这让我们百思不得其解。花椒树栽种在梯田边缘，不是增加了栽种和采收难度吗？与我们同行的村民笑而作答："花椒其实是有很高的生态价值的，它的根连接土壤与石堰，能够有效地固定梯田呀。"听完解答后，我们恍然大悟，由衷地钦佩起王金庄村民的生产智慧来。

梯田边缘的花椒树

原来石堰梯田很不稳固，一遇大量降水，梯田很容易崩塌，继而导致水土流失，农民辛辛苦苦一整年将颗粒无收。人们发现，花椒树不仅耐旱而且根系发达，栽种在梯田的边缘地带依然能够存活，于是人们就想到用花椒树的根系来稳固梯田的妙招。由此我们知道，在石堰梯田的边缘种植的花椒，不仅可以作为经济作物增收，而且由于花椒的根系扎入土层，盘根错节，稳稳地固定住石堰，保持了水

晒花椒（涉县农牧局提供）

土，降低了梯田的自然毁坏率，真可谓一举两得。

注释

[1]　马乃廷校注：《涉县古志四种》，河北人民出版社，2009年，第134页。

[2]　［明］李时珍著，刘衡如、刘永山校注：《本草纲目》，华夏出版社，2008年，第1242页。

[3]　［后魏］贾思勰著，缪启愉校释：《齐民要术校释》（第二版），中国农业出版社，1998年，第310页。

宁送一碗米，不送一碗土　　11

在王金庄，多次听到的一个谚语，那就是"宁送一碗米，不送一碗土"。其意思是你可以向别人借一碗米，但是不能向别人借田地里的土。即使你向别人借土，别人也不会借给你的……

太行山自古以来有着不同的称呼，《尚书·禹贡》中称其为"太行山"，《列子》中谓之为"大形山"（亦有说《列子》中谓之"太形山"），《淮南子》中以"五行山"称之。虽然其称呼不同，但是太行山形胜之美历来为文人墨客所称道。唐太宗之子李泰在其所主持修撰的《括地志》中称其为"天下之脊"："太行山连亘河北诸州，凡数千里，约始于怀，而终于幽，为天下之脊。"[1]明人唐枢在《太行山记》中认为其为中原之正脉："太行，中原之正脉，两腋如华盖，所以冒中原而重其力。惟其起张两腋，故身不自结而凝为所冒之中，以其行局之宏，非'太'不足以当之，而其伊止之所，乃所以为'行'之地，盖言意也。"[2]当要前往位于太行山深处的涉县调查旱作梯田农业生态系统时，我就兴奋不已，因为借此机会可以目睹太行山的真容，领略天下之脊的仪姿。曾几何时，我多次乘坐火车经过此地都是晚上，外面黑漆漆的，什么也看不见。这次能够在太行山待很多天，可以充分地感受太行山之美。

初来太行山，是在暴雨的午后。当乘坐的大客车奔驰在青兰高速上的时候，外面电闪雷鸣，暴雨如注。客车窗户上的雨水淌着往下流，外面什么也看不清楚。我真的有些担心，第一次来太行山，恐怕要被堵在半道上了。幸亏雨没有下多久就停下来了，我的心情十分舒畅，因为太行山之行能够顺利进行下去。客车穿行于太行山中一会儿是隧道，一会儿是蓝天，在蓝天与隧道的交相辉映中，我领略到了地质运动的伟大力量。太行山脉位于华北平原与黄土高原的交界之处，南北长达400千米，平均海拔1500米至2000米，北起河北省拒马河畔，南到河南省黄河北岸，跨越北京、山西、河北、河南4个省市。太行山地质，从下到上共包括4个不同地质年代所形成的地质遗迹。其中，第一层为25亿年前岩浆喷发而成的片麻岩，第二层为18亿年前由海洋沙滩而形成的硅化角

20世纪五六十年代的梯田（涉县农牧局提供）

砾岩带，第三层为6亿年前由海底软泥而成的寒武系馒头页岩，第四层为240万年前至73万年前由山洪冲击而成的喀斯特地貌。[3]宋人沈括在《梦溪笔谈》一书中，对太行山的形成过程进行了描述："予奉使河北，边太行而北，山崖之间往往衔螺蚌壳及石子如鸟卵者，横亘石壁如带。此乃昔之海滨。今东距海已近千里，所谓'大陆'者，皆浊泥所湮耳。尧殛鲧於羽山，旧说在东海中，今乃在平陆。凡大河、漳水、滹沱、涿水、桑干之类，悉是浊流。今关、陕以西，水行地中不减百余尺，其泥岁东流，皆为'大陆'之土，此理必然。"[4]在沈括看来，太行山原本为海滨之地，是在地质运动的作用下才变成了今日之高山大川。古今人对太行山地质的探查，让我们对太行山形成过程中的科学原理有了深刻的认识，不由得发出"大自然如此伟大"的感叹。

当我坐在大客车上，目睹太行山，看到它那层层而上的岩石、坐落于其中的一座座村庄以及挺立于岩石之间的一道道梯田，我由衷地对当地人改造自然的力量表示钦佩。当地人在何其艰难的环境下，靠着自己的微薄之力，修成了能够安身立命、养家糊口的梯田。由梯田而建立的农业经济成为当地人日常生活的主要来源。众所周知，农业生产是天、地、人三者相互作用的结果。《吕氏春秋·审时篇》载："夫稼，为之者人也，生之者地也，养之者天也。""稼"指的是农作物，为农业生产的对象。"天"指自然界的气候，"地"为地形与土壤，"天"与"地"共同构成了农业生产的环境条件。由于人不同于动物，具有主观能动性，所以，在天、地、人之中，人为主体，居于主导地位。据《孟子·公孙丑下》载，"天时不如地利，地利不如人和"，这足以见人的作用。只要发挥人的主观能动性，也就意味着能够认识与掌握自然规律，尽可能把不利于农业生产的环境条件改变为有利于农业生产的环境条件，从而获得人类所需要的农产品。可见，农业生产离不开天、地、人。当然了，最适宜农业生产的地形应当为平原地区，而太行山是典型的石质山，光热条件虽然能够满足农作物生长的需要，但是总体而言，由于土层与风化层较薄，农业生产自然条件不是十分理想，这在一定程度上限制了当地社会经济的发展。为了生存，作为主体的人们，不得不改变这种现状，不仅向山要地，还要向山要土，从而为农作物的生产提供一个有利的

20世纪五六十年代垒石堰场景（涉县农牧局提供）

环境。

在王金庄，多次听到的一个俗语，那就是"宁送一碗米，不送一碗土"。其意思是你可以向别人借一碗米，但是不能向别人借田地里的土。即使你向别人借土，别人也不会借给你的。但是，你不要以为别人吝啬。在王金庄人

20世纪五六十年代搬石头场景（涉县农牧局提供）

看来，土比米珍贵，土作为重要的物质资源，十分稀缺，只有拥有了足够的土，才可以源源不断地生产出粮食。这对于一个生活在平原地区的人而言，几乎难以想象。在平原地区，土是最普通最常见的，甚至可以达到无视的地步，人们普遍认为粮食比土珍贵，粮食能够解决人们的温饱问题，土却不能。土只是种植与生产粮食的资源，而且，粮食从种植到收获，需要漫长的时间。虽然不同地区的人们会基于自身的立场认识土与粮食的作用，但实际上，它们二者在农业生产中同样重要，如同鱼与水的关系。

在当地流传着这样一句民谣："山高石头多，出门就爬坡，路无五步平，年年灾情多。"多山多石的地貌造就了苦难的王金庄，也铸就了王金庄人坚忍不拔、吃苦向上的精神。由于王金庄土层较薄，为了扩大农田，找土也就成为农业生产中的重要任务。谈及找土，我们不得不提及太行愚公王全有，虽然我们还会在后面专门讲述他伟大而又平凡的事迹。为了改变人多地少产量低、吃粮年年靠救济的现状，王全有作为王

金庄村支部书记，牢记为人民服务的宗旨，为解决村民的吃饭问题殚精竭虑。当王全有带领村民以开天辟地的气魄修梯田的时候，面临着一个重要的问题——土。没有土，庄稼无法生长，改变吃粮靠救济的现状，也就成为一句空谈。

总体来看，王金庄的土壤类型为褐土类，海拔800米以上的阴坡为淋溶褐土，阳坡为褐土性土；海拔800米以下的为褐土性土，山谷坡脚为石灰性褐土。土壤的形成过程比较缓慢，是自然因素与人为因素相互作用的结果，主要为地壳表面的岩石风化体及其搬运的沉积体，在各种因素的作用下，形成具有一定剖面形态与肥力特征的土壤的历程。如果依靠自然界的成土过程，恐怕在短期内难以解决王金庄农业生产所面临的重要问题。唯一的出路，就是找土，把藏在太行山里的土挖出来，运送到梯田里，解决土壤不足的问题。在王全有的带领下，全村掀起了找土的高潮。村民们在岩石沟壑里面，用铁锹把土一点一点地抠出来，一筐一筐地运送到梯田里。由于土石混杂，必须用筛子筛过后，才能形成有效的农业土壤。通过这种方式，村民们解决了粮食生产中的土壤问题。

由于土的获取相当不容易，所以王金庄人都惜土如金。有一次收工的时候，一天的劳累使得所有人都筋疲力尽，大家都希望赶快回到自己的家中，洗漱一番，美美地吃饭，美美地睡觉，去除身体的疲乏。就在大家翘首以归的时候，王全有把大家喊住，让大家先别走。村民们一脸的懵懂，不知还有什么事情没有完成。就在这时，王全有坐在一块石板上，把自己的鞋脱了下来，在石板上轻轻磕打了一下，把鞋里面的土倒进了田地中。大家恍然大悟，原来是不让大家把一粒土带出田地。于是，村民学着王全有的样子，纷纷地将鞋里的土倒进梯田中。王全有这一小小的举动，足以看出土在他心目中的地位，土是全村人的命根子。正是有许许多多像王全有这样勤劳肯干的村民，才铸就了王金庄的伟大

六月的花椒树

与辉煌。

今天我们来到王金庄，看到层层而上的梯田，以及田里辛勤耕作的身影，不由得对世世代代耕耘于此地的人们产生无限的敬佩之情。所谓吃水不忘挖井人，正因为有了他们的辛勤劳作，才有了王金庄人今天的幸福生活。

注释

[1] 李长傅：《李长傅文集》，河南大学出版社，2007年，第309页。

[2] 凤台县志整理委员会编纂：《凤台县志》，三晋出版社，2012年，第336页。

[3] 陈为人：《太行山记忆》，海天出版社，2014年，"引言"第2页。

[4] ［宋］沈括著，侯真平校点：《梦溪笔谈》，岳麓书社，2002年，第173—174页。

12

那什么样的情况下会下雨？什么样的情况下不会下雨呢？老人告诉我，要是这块石头的表面比较潮湿，天就会下雨；如果石头干燥的话，恐怕就不会下雨⋯⋯

　　初来涉县，是在2016年7月19日的暴雨之后。对于此次暴雨，我是记忆深刻的。在忙完工作后，我就打算要来涉县调查旱作梯田，在我的计划中，应该是7月19日上午到达邯郸，下午就到涉县。当我和涉县农牧局贺献林局长联系的时候，他告诉我7月20日要召开涉县中药材培训会议，无法招待我，让我晚来几天。由于贺献林局长主要负责涉县旱作梯田系统的规划和建设事宜，于是我接受了他的建议，调整了原来的计划，结果有幸躲过了此次雨灾。对于此次雨灾的直观印象，我是从电视新闻上获得的，只见洪水汹涌，道路残断，民舍倒塌，一片狼藉。当我真正踏入涉县，进入王金庄的时候，所到之处，满目疮痍，道路被洪水冲断，两旁的房子面目全非，山上的梯田损毁严重，就连赫赫有名的全有广场也消失在洪水之中，我又一次地感受到人在自然面前的无能为力。

　　涉县此次特大暴雨创历史之极值，12小时内的最大降雨量高达460毫米。在与王金庄村民的聊天中得知，当地最严重的洪灾大约有3次，第一次是1956年的洪灾，第二次是2006年的洪灾，第三次则是2016年的洪灾。与前两次相比，2016年这一次是最严重的，损失也是最大的。不过，在当地村民看来，被冲毁的房子位于河道两旁。由于这些河道常年少雨，完全干枯，于是住在半山坡上的居民，不断地移居到山下，在河道两旁修建房子。天有天道，水有水道，洪水顺着自己的道路不断下流，向下冲刷，两旁的房子也就难以幸免。

　　对这一次特大暴雨的形成原因，气象部门有专门的解释：它主要受高空低涡系统的影响。河北石家庄至河南安阳一带正好处于低涡北侧，当潮湿的东风受到太行山的阻挡，使得太行山东侧降雨量倍增，酿成了2016年的特大暴雨。一般而言，华北地区降雨最集中的时段是7月下旬至8月上旬，俗称为"七下八上"。这一时段的降雨量往往要占到全年

村边的小溪（涉县农牧局提供）

降雨总量的一半以上。也就是说，在这一时期发生暴雨不足为奇。幸好，现在有气象卫星和天气预报系统，能让我们对大气循环规律有较为清晰的认识。虽然气流演变千瞬万变，有时预报不是十分精确，但是我们基本上能够未雨绸缪，防患于未然。在暴雨来临之际，我们要多做一些准备工作，尽量减少损失，切不可粗心大意。

　　在传统时期，如何预报天气？我不由得想起了《看云识天气》一文。在我的记忆中，它是中学语文教材的必选文章。这篇文章的基本内容，是通过对云的认识来判别天气情况，如什么样的云，预示着暴雨来临；什么样的云，预示着天气晴朗。文中说："在太阳和月亮的周围，有时会出现一种美丽的七彩光圈，里层是红色的，外层是紫色的。这种光圈叫作晕。日晕和月晕常常产生在卷层云上，卷层云后面的大片高层云和雨层云，是大风雨的征兆。所以有'日晕三更雨，月晕午时风'的说法。说明出现卷层云，并且伴有晕，天气就会变坏。另有一种比晕小的彩色光环，叫作'华'。颜色的排列是里紫外红，跟晕刚好相反。日华和月华大多产生在高积云的边缘部分。华环由小变大，天气趋向晴好。华环由大变小，天气可能转为阴雨。"[1]可以说，通过云来识别天气，判断阴晴，是传统经验科学的一种表现。对于气象学者而言，判断云的形状与天气的变化，相对比较容易；但是，对我们普通人而言，识别云的形状，还是有些困难。那除了看云，还有其他预报天气的途径吗？在王金庄，就有这样一块看似普通却又十分奇异的石头，它能准确地预报天气，被当地人称为"天气预报石"。它使人们能很容易直观地掌握天气的变化，无论是对耄耋老者，还是对垂髫稚子。这块看似平常的石头里，蕴含着无穷的智慧。

　　这块石头位于一家农户宅院的外面，形状不规则，一部分表露于外，一部分埋在地下。表露于外的这部分体积不是很大，稍不留神便会被忽视。埋在地下的部分究竟有多大，恐怕无人得知。当我对这块石头的功能产生怀疑时，站在我旁边的一位老人信誓旦旦地告诉我，这块石头预报天气是十分准确的。他说的时候还向旁边的乡民看了看，像是在征求他们的意见。旁边的乡民纷纷点头，赞同他的说法。王金庄的村民一直以来都是从这块石头的变

农人与流水（涉县农牧局提供）

化中来识别天气的变化。那什么样的情况下会下雨？什么样的情况下不会下雨呢？老人告诉我，要是这块石头的表面比较潮湿，天就会下雨；如果石头干燥的话，恐怕就不会下雨。这样来看，比起看云识天气，看石头预报天气恐怕就十分简单了。当我站在这块石头旁边的时候，看到它的表面比较潮湿，这就意味着有可能下雨。果不其然，不一会儿天就开始淅淅沥沥地下起雨来了。由此看来，这块石头十分"灵验"。

这块石头为什么能够预报天气呢？它的工作原理又是怎么样的？这是每一个人都特别想知道的。由这块石头，我不由得想起了我老家的缸。在农村老家，每个家中都有盛水的缸。每当雨天来临的时候，缸的外面就会湿漉漉的，与盛粮食的缸的外表完全不一样。这时父母亲就会告诉我天快要下雨了。之所以会出现这种现象，可能和雨水来临之时，空气比较潮湿，含有大量水蒸气有关。当这些水蒸气凝结在

天气预报石

辘轳与井 涉县农牧局提供 ）

缸的外面，就会在它的表面形成一层比较薄的小水珠。石头能够预报
天气，原理可能和比相似。空气中湿度的增加使得湿气在地下不断上
升，最终积聚于石头的表面，形成返潮的现象。当然了，其他半隐半
藏的石头为什么不能预报天气，而这块石头却能，想要把这个谜底完
全解开，需要我们亲自去王金庄考察，可能会形成一些认识。而拙笨
的我却暂时无法揭开这个谜底。

　　不过我知道，在古代社会，人们也经常利用空气中的潮气来预测天气的变化。在汉代，就出现了测湿的仪器：把土和炭挂在天平的两侧，通过天平的升降，认识天气的干燥与潮湿。由于木炭的吸湿性远大于土，如果天气干燥，炭会减轻，天平就朝着土的方向倾斜；如果天气潮湿，炭会因附着较多的水分而变重，天平就会朝着炭的方向倾斜。这就是所谓的"燥故炭轻，湿故炭重"。《淮南子·泰族训》对此也有记载："夫湿之至也，莫见其形，而炭已重矣。"到了宋代，人们已经开始把测试仪器当作预报天气的仪器。赞宁和尚在《物类相感志》中提到，把土和炭分别放在天平的两侧，天如果要下雨的话，炭会变重，如果不下雨的话，炭会变轻。除了利用以上的方法预测天气外，古人还利用琴弦来预测。东汉王充在他的《论衡·变动篇》中谈到，如果天要下雨的话，琴弦会变松，原因在于下雨前夕天会变潮，琴弦受潮气的影响会自动伸长。元末明初娄元礼在《田家五行》中也提及琴弦、琴声与天气变化的关系：在没有人为作用的影响下，如果琴弦忽然变松，那就是琴床受潮的缘故，这也意味着将有可能下雨；如果琴弦所产生的音调调不好，那也预示着阴雨天气的来临。根据这一原理，清代黄履庄制造了"验燥湿器"。它就是利用弦线随湿度伸缩的原理，来测量空气的干湿度。其判断的依据就是指针的旋转，"内有针，能左右旋。燥则左旋，湿则右旋，毫发不爽"[2]。我们的先人已经充分认识到下雨前夕空气会变潮湿，以及这种潮湿对自然界万物产生的影响。当然了，有的自然物反应比较灵敏，而有的自然物反应比较迟钝。人们可根据自己的观察，选择对湿气反应比较灵敏的物品来预测天气。王金庄的这块石头显然很灵敏，它因能够预知天气的变化，成为当地人的宝贝。每当有人来参观王金庄的梯田时，当地乡民就会热情地让这些游人们去触摸它，去感受大自然的灵性，也去感受王金庄独特的魅力。

蜿蜒的梯田（涉县农牧局提供）

当地的居民是什么时候知道这块石头能够预测天气的？我询问了他们，他们也说不清楚。至于这块石头是什么时候出现的，估计大家也说不明白。当地人只是口耳相传，一代一代地这么传下来，从而赋予了它特殊的文化含义。

注释

[1] 朱泳燚改写：《看云识天气》，载课程教材研究所、中学语文课程教材研究开发中心编著：《语文（七年级上册）》，人民教育出版社，2001年，第84—85页。

[2] 姜海如、赵同进编著：《气象文化与民俗》，气象出版社，2008年，第50页。

🐦 盲人修梯田　　13

修梯田是件很不容易的事情，尤其对于一个行动不便的盲人而言，更是难上加难。我们可以想象，盲人泰福在修筑梯田过程中所遭遇的困难和挫折，在高强度体力劳动下甚至会遇到生命危险，但泰福善人自有天相……

　　民间故事为民间文学的一种，是由广大人民群众所创作的与一定的历史人物、历史事件、自然景观和社会习俗相关的故事。它或者记载知名历史人物的一些伟大事迹，或者记载历史事件的重要片段，或者记载风俗习惯、自然景观的来龙去脉，是我们了解不同地区传统文化的重要窗口之一。受自然环境与社会传统的差异，不同地区的民间故事呈现各自的特征，展现了地方文化的多样性特征。在王金庄流传着许多民间故事。当我们进行社会调查问及王金庄的民间故事时，当地老一辈人立刻精神百倍，神色飞舞，如数家珍地给我们讲了起来。虽然言语之间夹杂着地方方言，有一些话语我们听得不是那么确切，但是老人们严肃而又认真的态度，让我们对当地的民间故事充满了执着。当我们仔细地听完这些故事后，发现王金庄人所传诵的民间故事题材十分丰富。老人们在

梯田春景（涉县农牧局提供）

给我们讲这些民间故事的时候，也对它们的传承问题表现出了自己的担心与焦虑。智能手机的普及信息来源的多样化，使得年青的一代，不再对这些老得掉牙的民间故事感兴趣。而且，这些年轻人更多地向往外部精彩的世界，愿意生活在光怪陆离

20世纪五六十年代男女劳动修梯田场景（涉县农牧局提供）

的城市里，不愿意与单调平凡的农村为伍。所以，年轻人不愿意听这些民间故事，致使它们面临着失传的危险。所以，当我们主动要求老人们给我们讲故事的时候，他们表现出的极大热忱，超出了我们的想象，似乎这也在说明他们对忠实听众的热切盼望。

　　总体上看，王金庄的民间故事包括三大类。第一类为与自然景物或人文景物相关的传说故事，有桃花岭的传说、康岩天柱山的传说、铁耙梨花寺与南天门的传说、康岩古兵寨的传说、王金庄的来历、南北姊妹井的传说、萝卜峧的传说、长角湾与双龙水库的传说、二郎担山的传说、王金庄鲁班山的传说等。第二类是与人物有关的传说故事，有少林俗家弟子曹运林的传说、武举人王玉平的传说、王仁义养蜂九十九窝的传说、三立朝三天代理县长的传说、王应库定州迁民的传说、盲人苏泰福造田的传说、三鉴文采飞扬的故事、王进财落户帖子村的故事、八品耆宾刘永福的故事、王锡林起死回生的故事、三炮的传说、刘秀跑南阳的故事、功功过过王起生等。第三类为神话传说故事，有狐仙助农的传说、罗焕与狐仙的传说、三修马王庙的传说、金牛推磨的传说、秃女与

龙凤山的传说、槐树峧与磨盘山的传说、黄石公收徒与康岩沟的传说等。这些传说故事真真假假、虚虚实实，或是王金庄人生活的真实写照，或是王金庄人在休闲之际的奇思妙想。总而言之，它们与当地悠久的历史文化融合在一起，共同构成了王金庄独特的文化传统。

在王金庄人的记忆中，自元朝开始，这一地区便开始陆陆续续修建梯田。实际上，很有可能在元朝以前，当地人们为了生存的需要，在生产实践活动中发挥自己的聪明才智，已经修筑了梯田。只是这一过程没有被文字记载下来，以致我们把开始修建梯田的历史断在元朝。在王金庄梯田发展史上，人们虽然对早期梯田修建历史的记忆较为模糊，但是对晚近以来的梯田修建历史却记忆深刻，特别是那些做出过巨大贡献的人物。在这里，我们要谈的民间故事就是民国时期盲人苏泰福修梯田的故事。盲人苏泰福修梯田的故事在王金庄人那里是耳熟能详的。人们每每谈起这一故事，不由得对苏泰福的悲惨经历表示同情，也对他不屈不挠、积极进取的精神表示钦佩，与此同时，这也展现了王金庄人朴实、诚恳待人的一面。

苏泰福老家在邢台沙河市，自幼生活不幸。父亲在他小的时候离开人世，他和母亲、两个

20世纪五六十年代平整梯田场景（涉县农牧局提供）

垒石头（涉县农牧局提供）

弟弟相依为命。俗话说"长兄如父"，苏泰福承担起养家糊口的重任，黑天白日地忙活着。然而，天有不测风云，苏泰福的母亲得了重病。为了给患病的母亲治病，他不得不一边忙着自己家的农活，一边又跟随着大伯，去给财主家打短工。"福兮祸所伏，祸兮福所倚"，苏泰福晚睡早起，夜以继日地忙碌着，养活着自己的母亲与弟弟。村里人被他的孝心所感动，觉得他是一个勤恳踏实的孩子。于是，邻居秦大娘就打算把她的娘家侄女介绍给苏泰福。有一天，秦大娘去苏泰福家串门，问他的母亲，苏泰福有没有人给提亲。当听到苏泰福单身的时候，秦大娘自告奋勇地说："我想把我的娘家侄女介绍给他，不知可不可以？"苏泰福的母亲心里很高兴，但面带难色地说："不知人家闺女愿不愿意，我家太穷了。"秦大娘干脆利落地说："只要你家同意了，我们这边就没有问题。"经过秦大娘的牵线搭桥，苏泰福的婚事终于定下来了，随后两人在腊月完婚。婚后不久，泰福媳妇便生下一个可爱的儿子，泰福母亲的病在医生的治疗和儿媳妇的悉心照料下逐渐有了起色。

然而，泰福一家的幸福美满生活并没有持续多久。正所谓"天有不测风云，人有旦夕祸福"。原来，泰福媳妇在娘家时有个相好的，结婚后仍然藕断丝连，偷偷幽会，以至于有一天被泰福亲眼撞见。面对婚姻的背叛，软心肠的泰福却选择了原谅。但是，他的媳妇并未就此改过自新，反而是变本加厉。为了能与老相好做永久夫妻，她甚至阴谋毒害泰福。泰福媳妇用心歹毒，居然用平时饮牲口的盆子盛满石灰水，利用泰福没有防备扣了其一身石灰水。结局异常悲惨，泰福的眼睛被石灰水弄瞎了。命运多舛的泰福遭遇了婚姻背叛、眼睛失明等接二连三的打击，但他并没有向命运屈服。

泰福的老娘带着他东奔西走，求医问药，但眼睛依然没有治好。无奈之下，泰福开始跟着算命先生沿街流浪，学习算命技能，以求养活自己。泰福怀着对媳妇的怨恨愤愤地离开了家，从此走村串户，以算命为生。某日，泰福来到了太行山深处的王金庄村，并住在二街王富堂家中。由于泰福为人忠厚，正直善良，与当地村民相处得十分融洽，村民们对他也是格外信任。找他算命的人也越来越多，甚至有不少乡民的儿子认他当干爹。时间越久，失明的泰福越发觉得王金庄山好水好人好，不舍离去，最后他决定在王金庄扎根。

算命乞讨终究不是扎根度日的长久之计，左思右想后，泰福打算在王金庄买坡修筑梯田。房东王富堂见泰福心意已决，意志坚定，于是答应帮忙为他买坡。不久，王富堂帮泰福从二街村上的北坡买了一片荒坡。自此以后，泰福白天算命，晚上去修梯田，毫不懈怠。功夫不负有心人，经过将近两年的辛苦鏖战，泰福修起了长十多丈[1]、高

撬石头（涉县农牧局提供）

抬石头（涉县农牧局提供）

七八尺[2]、宽约丈余的梯田三四块。泰福对已有的成果并不满足，他期望修筑更多的梯田。当买下的第一片荒坡修完后，他又请房东买了两片地，一片在岭的这边，一片在岭的那边。泰福就像那不知疲倦的老黄牛，默默地耕耘着，他以愚公移山的精神每天修梯田不止。

生命的可贵在于坚持不懈，奋斗不止。泰福修筑梯田的壮举令所有人惊叹和感动。修梯田是件很不容易的事情，尤其对于一个行动不便的盲人而言，更是难上加难。我们可以想象，盲人泰福在修筑梯田过程中所遭遇的困难和挫折，在高强度体力劳动下甚至会遇到生命危险，但泰福吉人自有天相，或有贵人相助，每次都能化险为夷。

一分耕耘一分收获，上天不会辜负任何一个努力奋斗的人。在泰福数十年的辛勤努力下，他所买下的荒坡全部被修筑成了可以耕种的梯田，面积大约有5亩多。然而，人毕竟不是钢铁打造的，常年劳累，体力透支过度的泰福最终病倒了，在1953年5月6日病故于王富堂家中，享年59岁。当年的干儿子们负起了为泰福送终的责任，他们将泰福葬在村东坡的一个地角，并为他立了墓碑，供后人祭拜。

泰福虽然去世几十年了，但他依然活在王金庄人的心中。他的一生是多灾多难的一生，也是波澜壮阔的

丰收的喜悦（涉县农牧局提供）

春日王金庄（涉县农牧局提供）

一生，他向世人诠释了什么是不向命运低头，他的故事还在王金庄被一代又一代地传诵着。

注释

[1]　1丈约等于3.33米。
[2]　1尺约等于0.33米。

太行愚公王全有　　14

当我们在王金庄进行社会调查、询问当地社会经济的发展历程时，当地人每每提到"王全有"这个名字，对他的评价都很高。他们认为正是有了这样一个心系王金庄人、胸怀王金庄人的支部书记，才奠定了王金庄社会经济发展、人民生活水平提高的基础……

自十一届三中全会以来，家庭联产承包责任制的实施、产业结构的调整、以花椒为主的经济作物的种植，使得王金庄人的经济收入、生活水平都有了明显的提高。然而，回顾历史，我们会发现王金庄人今天的幸福生活来之不易。王金庄地处太行深山中，海拔1100多米，自然条件十分恶劣，生活水平极其落后。当地流传着大量的俗语，能够真实地反映王金庄人过去的生活水平，如"下雨满山流，干旱渴死牛。吃水比油贵，吃粮更发愁""两山夹一沟，没土光石头""山高石头多，出门就爬坡；雨天泥石流，旱天渴死牛；十年有九年害，长虫蛄爬山外"。实际上，在历史的长河中，王金庄人的生活确实十分艰难，不仅有土地短缺、粮食不足的问题，还有其他问题。比如吃水难，在水资源匮乏的时期，人们只能拖家带口翻山越岭，往返十多里，到武安县的岭底村去拉水。再比如交通不便、信息闭塞。王金庄与外界没有通公路，唯一的道路就是一条一米多宽、用白灰和石渣铺成的盘山道，人、畜走在上面，稍不注意便会跌入万丈深渊；而且，王金庄没有通电，人们对外界的了解甚少，既不能听广播，也不能看电视，只能守着煤油灯打发晚上的时间。

当我们在王金庄进行社会调查，询问当地社会经济的发展历程时，当地人每每提到"王全有"这个名字，对他的评价都很高。他们认为正是有了这样一个心系王金庄人、胸怀王金庄人的支部书记，才奠定了王金庄社会经济发展、人民生活水平提高的基础。我不由得想起著名诗人臧克家的那首诗《有的人》："有的人活着，他已经死了；有的人死了，他还活着……"王全有虽已离开我们很多年，但是他一直活在王金庄人的心中，王金庄人会永远记住他。

王全有，字献德，涉县王金庄二街人，生于1911年，1943年加入中国共产党，曾任王金庄二街村党支部书记、王金庄村党总支书记兼中

王全有（涉县农牧局提供）

共邯郸地委委员等。革命战争年代，王全有坚持理想，深信只有中国共产党才能救中国，才能带领穷苦百姓翻身。在抗日战争极为困难的时期，他加入中国共产党，并响应党的号召，积极参加减租减息运动、支前抗战活动，被上级评为支前模范；1949年后，他执行党的政策、组织群众，创办互助组、初级社和高级社。到了20世纪60年代，全国掀起了"农业学大寨"运动，时任王金庄村党支部书记的王全有带领村民修公路、造梯田、修水库、广种树、通电灯电话、修隧道，实现了生产自给自足、生活温饱富裕的目标。河北省政府为了表彰王金庄人的这种自力更生的精神，提出了"外学大寨，内学王金庄"的口号，由此可见王全有带领村民所取得的成就。

修公路。俗话说得好，"要想富，先修路"。为了打通与外界的联

20世纪五六十年代查勘地形场景（涉县农牧局提供）

系，1964年王金庄公社党委、政府发动群众修建公路，王全有和村民们以"蚂蚁啃骨头"的精神，苦干了5个月，削平了11个山头，修通了13里长的盘山公路，这样，一条康庄大道就被修通了，从而改善了王金庄的交通条件。这条公路的修筑加强了王金庄人与外界的联系，开阔了他们的眼界，推动了王金庄社会经济的全面发展。

造梯田。为了增加土地面积，1965年冬天王全有带领200多人的治山专业队，挺进岩凹沟，开山造田。在荒山上修建梯田，由于石厚土少，不得不先垒好石堰，然后往里面填土。王全有和队员们一起，不畏严寒险阻，山高路滑，先后共挑万余担土，在岩凹沟、桃花岭等57条陡坡峻岭上，修建了长达250千米的石堰，总共造地2000多块，650多亩，扩大了耕地面积，有助于人们温饱问题的解决。

修水库。王金庄十年九旱，水资源极为缺乏。1969年，为了解决群众吃水难的问题，王全有带领群众在大南沟修建小型水库。但一群农民要修水库，谈何容易。为了学习修建水库的技术，他和石匠李天顺一起，带着干粮，冒着雨，徒步到30里外的古台水库去学习。此外，他身先士卒，带头捐献钱物，烧制石灰，发动群众到龙虎河背沙子，去武安县七水岭村挑水。经过两年半的艰苦奋战，动用了7万立方石料，终于建成一座储水量达13万立方米的小型水库。水库修成后，又兴修了一系列配套工程，开凿盘山渠道与引泉石槽、建塘坝与截流坝、挖水窖、打水井、砌涵洞，从而彻底解决了王金庄用水难的问题。

广种树。王全有心中有一笔账，在他看来，光修梯田和水库是完全不够的，要完全摆脱贫穷和苦难，还要广泛植树造林，改善生态环境。他的口头禅正是这种思想的真实写照："随修梯田随栽树，边凿灌渠边浇树；无树水土保不住，有树穷山能变富。"为此，王全有制定保护山林的规章制度，并严格执行。有一次，他的表弟偷偷砍了两棵可以做锹把的树，结果被护林员发现后交到村委会。王全有一视同仁，按照所制定的制度对其进行了处罚。正是在王全有的积极带动下，经过20年的封山育林活动，王金庄先后种植花椒树30万株，松树22万株。这些经济林木的种植不仅改善了王金庄的生态环境，也给当地人民带来了可观的经济收入，人们的生活水平由此得到了极大的改善。

通电灯、电话与修隧道。为了让王金庄人用上电灯、电话，1972年王全有和村党支部一班人多方奔走，筹措资金，从玉林井翻越大崖岭架起了高压电。虽然王金庄人的生活条件在不断地改善，但是王全有不停歇，继续为王金庄寻求支援。1976年10月1日，他带领近百名社员，在铁三局等单位的支援下克服重重困难，仅仅用了两年半的时间，就完成了隧道的修建，从而将县城到王金庄的距离缩短了将近4千米，降低标高18

20世纪五六十年代搬石头场景（涉县农牧局提供）

米。今天，这条隧道是王金庄通往涉县县城的必经之路。当我们从这条隧道经过时，看到上面开凿隧道时所留下来的痕迹，不由得想起这位为王金庄的发展呕心沥血的英雄人物。

王全有因骄人的成就，被选举为第四、第五届全国人大代表，于1969年10月1日光荣赴京出席了国庆20周年观礼，受到党和国家领导人的接见。1984年，王全有因劳累过度患肺结核逝世，涉县县委、县政府授予王全有"林业功臣"荣誉称号。王金庄

王全有纪念碑

人将这一荣誉称号刻在石碑上，这座石碑至今还矗立在王金庄的街道旁边，向人们展示着王金庄的发展史。1988年，联合国世界粮食计划署专家到王金庄考察后，称赞"这是世界上治理得最好的一条沟""人间奇迹""中国第二长城"。这些荣誉足以见王全有所做的贡献。

现将《王金庄村志》中所辑录的《王全有碑记》全部摘录出来，让我们永远缅怀这位心中时刻心系人民、甘为孺子牛的太行愚公："物无微著，竭能则益世，位无尊卑，尽职则留芳。邑人王全有，生于

修路（涉县农牧局提供）

一九一一年，一九四三年加入中国共产党，曾任王金庄村党支部书记，二街村大队长，并被选为第四、第五届全国人大代表。数度赴京参加会议。一九六四年以来率领乡民栉风沐雨，蹈雪披霜。节洞年穴，于村北

岩凹修梯田六百五十余亩，栽椒树一万九千余棵。《河北日报》数次赞誉为'林业战线实干家'，中共涉县委员会、涉县人民政府于一九八三年悬匾授勋'林业功臣'。功臣一生，置名利于度外，付山岭以精诚。数

王金庄村景

十载，含辛茹苦，如一日短长，遂令翠满荒山，椒香野岭，泽在乡民，利及后代。一九八四年溘然辞世，方作后已，其功其德劳牛汗马。抚今追昔，睹物怀人，乡民有心皆鉴，有口皆碑。今勒石铭记，唯冀后人为楷为模，砺情砺志，为家乡文明富庶，劳心劳力，尽职尽责。"[1]王全有，已经融入王金宝的山山水水，化身为王金庄的符号，成为王金庄的象征。他的精神必将激励王金庄人积极进取，不敢懈怠。

注释

[1] 王树梁主编，曹书云主审，王金庄村志编纂委员会编：《王金庄村志》（内部资料），2009年，第356页。

到王金庄采风去

15

王金庄古朴自然和神奇浓厚的人文景观和特色文化也吸引了大批画家和摄影家前来采风写生。著名画家王维安的油画《王金庄农民的节日》、刘进安的国画《王金庄人》等以王金庄为题材的作品在全国获奖……

夕阳下的棒槌山（涉县农牧局提供）

　　当我们乘坐高铁从三秦大地腹地的关中出发前往赵国故都邯郸时，我们的内心是汹涌澎湃的。曾经被山河阻隔的战国两雄而今被现代化的交通工具轻而易举地连接起来。进入河北境内，脑海里马上涌现出赵武灵王、胡服骑射、长平之战等历史情境。于是乎，我们的邯郸涉县之行交织着历史与现代的气息，跨越了山河，勾连了千余年的历史，杂糅了纷纷扰扰的如烟往事。

　　我们此行的主要目的地是位于太行山区的涉县井店镇王金庄村，即使在交通条件如此便利的今天，前往此地依然不容易。到达邯郸站后，我们需乘坐前往涉县的班车先抵达涉县县城，然后乘坐城乡公交车到达最终目的地王金庄村。在抵达前，我们便从各种渠道了解到，涉县的梯田一年四季皆景色，被誉为"世界上最好看的油画"。虽然王金庄是涉县山村的一个缩影，但它拥有自己独特的文化体系，这也是它能吸引五湖四海的人们来这里参观的主要原因。奔波两个多小时后，一路风尘仆仆的我们终于抵达王金庄。

　　一走进王金庄，目力所及的是一片片起伏蜿蜒于群山中的梯田、一层层直上云霄的石堰。如果登高望远，必定会被数之不尽的一块块梯田所震撼。山岭上用石头砌成的层层叠叠的梯田，从山脚一直延伸到山顶，宛若一幅跌宕起伏的立体画卷。在不同的季节，因气候和光线的缘故，梯田会呈现出不一样的风景。春天，人来人往，熙熙攘攘，驴与人忙碌的身影镶嵌在悬崖峭壁之间，给这个万物复苏的季节带来了无限的生机；夏天，长势喜人的农作物、葱葱郁郁的树木好似绿色的海洋；秋天，沉甸甸的果实迎风摇曳，满山遍野的花椒隐藏于群山之中，犹抱琵琶半遮面，让人欲罢不能；冬天，覆盖着皑皑白雪的梯田如同白色巨龙蜿蜒在太行山的深处。

如果说梯田是雄壮的代名词，那么点缀在梯田中的各式植被便是婉约俊俏的代名词。梯田里的农作物丰富多样，有谷子、玉米、花椒、核桃、柿子、黑枣、绿豆等，它们点缀在旱作梯田里，构成一幅人与自然和谐相处的生态画卷。尤其是在万物生长的夏季，各类农作物争奇斗艳，长势旺盛，雄壮之中不乏秀气，风光旖旎中尽显伟岸，大有"金庄风景甲天下"的态势。

放眼国内外乡村农庄，王金庄的"毛驴景观"怕是独一份。王金庄家家户户养驴，毛驴是每个家庭中重要的一员，亦是当地人不可缺少的交通工具。人们上山建房、耕作梯田都需要用毛驴驮运货物。每到春种、夏长、秋收的时节，人们赶着毛驴在一块块梯田上辛勤劳作。早出晚归的他们，或骑在驴背上，或手牵着驴，或跟在驴的后面。他们迎着朝霞晚晖，与日月同辉，共同构筑了太行山里一道独特的风景。王金庄的驴成为人们关注的焦点，常被导演和摄影师摄入镜头，或见诸报端，或被搬上荧屏，抢尽了风头。

随处可见的石头构成一幅雄伟壮观的自然画卷。"山高石头多，出门就爬坡""举头尽是奇峰峭，着足未曾半尺平"是对山村王金庄的描述。当地所流传的儿歌讲述了村落的特点："石屋、石房、石头墙，石板街里响叮当，街里碰面儿脸儿对脸儿，院儿里坐坐背靠墙。"王金庄依山势而建的房屋全部采用山石作为材料，因而，村内到处都是石头，

到王金庄采风的采风团（涉县农牧局提供）

如同石头的海洋。石街石巷、石房石墙、石楼石阁、石阶石栏、石桌石凳、石碾石磨、石门石窗，处处是石，家家是石，王金庄堪称石头博物馆。

雄伟的梯田、葱郁的植被、青色的石头、乖巧而又勤劳的毛驴使得王金庄成为国内外电影、写作、摄影采风的主要目的地之一和人文艺术家创作的绝佳去处。这里曾经是多部经典电影的拍摄地。1972年，长春电影制片厂拍故事片《艳阳天》（1973）时，导演在全国各地挑选外景地，最终，他将影片故事中主人公萧长春的家选到了王金庄。此后又有《春歌》（1978）、《笨人王老大》（1987）、《浴血太行》（1996）等近十部电影均在王金庄取景拍摄。这些电影能在此地进行摄制，也间接表明王金庄具有得天独厚的自然条件、壮美雄浑的人文景观以及浓郁

游人在摄影（涉县农牧局提供）

的红色革命历史印记。此外，以涉县旱作梯田为题材的宣传片先后在中央电视台气象频道、中央电视台农业频道、河北电视台等多家媒体上播放，吸引了诸多游客慕名而来。通过这些传播力和影响力巨大的媒介平台的宣传，地处太行深山的王金庄逐渐被世人所知，有力地推进了旱作梯田系统的保护与宣传。

作家亦被王金庄浓郁的乡土和传统气息所吸引。写作需要灵感，尤其需要宁静而恬淡的创作氛围。而王金庄正是这样一个理想的场所，它偏居深山，风景优美，民风淳朴，生产生活富有传统气息，如同世外桃源，激发了作家的灵感，使其创作了许多令人回味无穷的篇章。著名诗人、《诗刊》编委刘章到此采风时所写下的《避雨岩》给人以心旷神怡、浑厚自然的感觉："翠柏山头俯首看，万千层梯田绿染；返身沟底仰头观，金闪闪石墙一面；/每块石头手指掂，问青山，感情多重？每粒泥土掌心来，问大地，多重情感？/一道石墙上，一个避雨岩，像简易山神庙，让人浮想联翩：风卷来，雨卷来，顷刻天昏地暗，一个避雨岩，立一条好汉。/雪在头上走，雾在脚下翻，雨线接天地，一副水晶帘。/风飕飕兮雨潇潇，生命融入大自然；雷隆隆兮电闪闪，人像雕塑一般！/呵，呵，大山谷，俨然巨大佛龛，一尊尊雕像，悲壮、威武、庄严！/风收兮，雨住兮，一声声东呼西唤，山应兮，水应兮，化作彩虹的斑斓！"[1]正因为感悟到王金庄的人杰地灵，作者才会写出如此优美而又不失质朴的诗歌。除诗歌外，纪实文学作家蔡子谔到这里生活月余，写出了数万字的报告文学《绿色的惠风》。该文刊载于《人民文学》1992年第12期，共包括5个部分，分别为微风生青萍、习习出金塘、轻摇层林翠、远播异域香、送春催绿忙，主要讲述了联合国"3737项目"在涉县落根发芽的过程，展现了伟大的王金庄人从贫穷走向富裕的历程。

到访王金庄的人曾写下《四季诗赞》，以赞美王金庄无穷的魅力与独特的色彩。春季的王金庄，"春来料峭田层层，天工巧夺鬼斧工。问询鲁班偷诓艺，金庄乡里老匠人"；夏季的王金庄，"夏至满山野花妍，虫鸟天堂嬉无间。树上顽童飞语笑，光膊赤跣似长猿"；秋季的王金庄，"秋到清沅水潺潺，低头便见水中天。村庄倒影水墨画，荷锄老者天上仙"；冬季的王金庄，"冬雪皑皑裹银妆，远山含黛错落藏。炊烟袅袅腾云起，山庄人家过年忙"。[2]春夏秋冬，四季轮回，王金庄呈现出与众不同的色彩，展现了天地人的和谐与统一。

王金庄古朴自然和神奇浓厚的人文景观和特色文化也吸引了大批画家和摄影家前来采风写生。著名画家王维安的油画《王金庄农民的节日》、刘进安的国画《王金庄人》等以王金庄为题材的作品在全国获

画家写生（涉县农牧局提供）

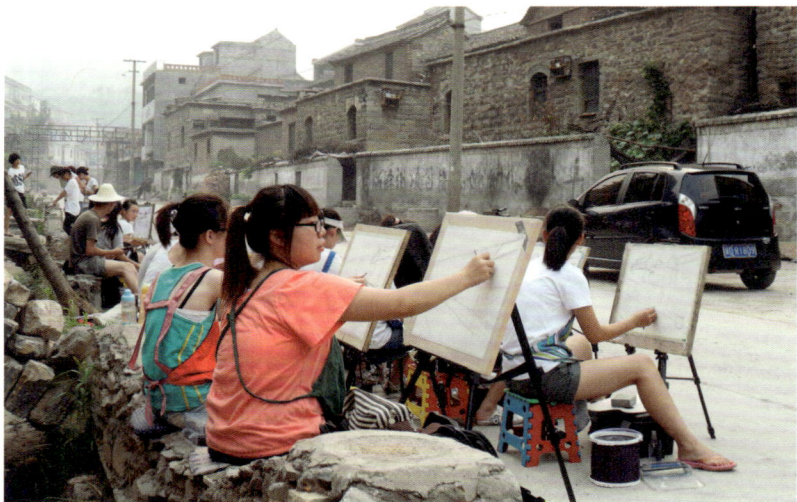

学生写生（涉县农牧局提供）

奖。涉县摄影家办会主席温双和拍摄的《太行梯日》、涉县文化馆摄影创作员冯承庆的《农家小院》等也在全国获得大奖。2011年国家画院卢禹舜工作室在北京举办"走进王金庄"大型画展、"女娲之乡·红色涉县"全国摄影大展，吸引了众多的摄影专家前往王金庄。2011年，清华大学美术学院、中央美术学院组织全国美术院校校长、教授40多名，在王金庄写生创作一个多月；清华大学美术学院教授李铁生、贾又福等先后在王金庄写生创作，其以王金庄为素材创作的绘画、摄影作品被国家级报纸、杂志录用。与此同时，王金庄也被清华大学美术学院、中央美术学院列为写生基地。

画家、摄影家在王金庄写生采风，使得王金庄的知名度与日俱增。每年大量国内外游客慕名而来，摄影、写生、休闲旅游者络绎不绝。如此众多的才俊纷纷感受到王金庄的美，如果你也想感受一番，那就来到这里吧。

注释

[1] 涉县井店镇党委、井店镇人民政府、涉县文化创意研究中心编：《走进王金庄》（内部资料），2015年，第142—143页。

[2] 涉县井店镇党委、井店镇人民政府、涉县文化创意研究中心编：《走进王金庄》（内部资料），2015年，第152页。

航拍王金庄梯田（涉县农牧局提供）

耕读持家的传统 16

耕读持家，不仅仅是一种生活方式，更是一种生存模式。这不只是对家庭成员及其子孙后代的规约与教化，亦是对子孙后代考取功名的殷切期盼。可以想象，几百年前王金庄村的人们，尽管世代为农，以农为业，但依然没有放弃对读书仕进的追逐……

王金庄村只是涉县极为普通的一个行政村，亦是中国广袤大地上层级最低的人口聚落，但我们从王金庄村里可以窥探到千千万万个与之类似的山村。走进这座太行山深处的山村，让我们惊讶的不只是漫山遍野的石堰梯田、鳞次栉比的石头民居，还有浓郁的耕读情结和勤俭持家的传统。在村里走访的过程中，这座民风淳朴的村庄留给我们的印象，可以概括为：耕读传家、勤俭持家、崇尚诚信。村有村风，我们对王金庄的这些印象姑且称之为王金庄的村风，这亦反映了在这样一个急功近利的时代，王金庄人的坚守。司马迁《史记·孔子世家》中有这么一句话："《诗》有之：'高山仰止，景行行止。'虽不能至，然心向往之。"[1]王金庄人以自己的行动诠释着他们心中最高的梦想。

王金庄人内心深处的耕读情结是中国农民耕读传统的重要体现。《论语·卫灵公篇第十五》载："耕也，馁在其中矣；学也，禄在其中矣。""耕"与"读"在儒家那里似乎是很矛盾的东西，但是在传统农民那里二者却完美地结合起来。追根溯源，传统农民的耕读情结很有可能源自科举制度。众所周知，科举制始于隋唐时期，盛于宋明时期，废于清朝末期，历经1300多年。科举取士之所以能够取代两汉时期的察举制度和魏晋南北朝时期的九品中正制，成为延续千余年的人才选拔制度，关键原因在于其打破了阶层的固化，实现了不同阶层的上下流动，为下层人士实现自己的梦想开辟了一条通道，从而有利于国家的稳定与社会的发展。身处底层的农民也有强烈的功名欲望，通过科举考试，这些人可以实现梦想。对于统治者而言，他们也乐于使用这种方式，使"天下英雄尽入吾彀中"，从而延揽更多的人才，实现国家的长治久安。

读书有用还是无用，当今人们对这一问题仁者见仁，智者见智，存在着不同的认识。然而，从历史发展的进程来看，读书是有用处的，

充满喜庆气氛的石头门楼

否则孟母不会三迁。宋真宗在《励学篇》中说："富家不用买良田，书中自有千钟粟。安居不用架高楼，书中自有黄金屋。娶妻莫恨无良媒，书中自有颜如玉。出门莫恨无人随，书中车马多如簇。男儿欲遂平生志，五经勤向窗前读。"[2]虽然宋真宗更多地强调读书的功利价值，但是无论如何，读书确实可以改变个人的命运，实现自己"修身、齐家、治国、平天下"的梦想。对于很多出身平凡的人而言，可以通过苦读实现自己的理想，"朝为田舍郎，暮登天子堂"。大名鼎鼎的范仲淹就是其中的一位。他所倡导的"先天下之忧而忧，后天下之乐而乐"的思想对后世的影响极为深远。然而，当我们细究这一思想的形成过程，就会发现与他的人生经历密不可分。范仲淹自幼丧父，家境贫寒，但是他积极进取，认真读书。没有饭吃，他就每天煮一锅粥，等粥冷却后，将其划分为4块，早晚各两块；晚上读书发困，他就用冷水洗脸后，继续读

雕梁画栋的石头门楼

书。功夫不负有心人，范仲淹最终青史留名。

传统时期的普通农民受家庭经济条件的限制，一般无力供子女读书。然而，他们乜想通过读书改变子女的命运，改善整个家庭的生活环境。耕读持家，不仅仅是一种生活方式，更是一种生存模式。这不只是对家庭成员及其子孙后代的规约与教化，亦是对子孙后代考取功名的殷切期盼。可以想象，几百年前王金庄村的人们，尽管世代为农，以农为业，但依然没有放弃对读书仕进的追逐，而是一代又一代绵延不绝地"耕读持家"。

当我们在村里行走时，见到很多人家的家门口都有石刻对联，其字体各式各样，行、草、隶、楷皆有，内容多为"积德绵世泽，耕读振家声""忠厚传家久，诗书继世长""翰墨书盛世，丹青绘宏图"等，透露出三人厚德载物、耕读持家的儒学家风。在王金庄这样一个小小的村落中，从过去到现在，也陆陆续续产生一些让王金庄人为之骄傲的人物。虽然这些人物与历史上的名人伟人相比，微不足道，但他们也是当地人对耕读持家传统的坚持的体现。

崇尚勤俭作为中华民族的传统美德，自古以来，就有大量与之相关的名言。《墨子·辞过》中载："俭节则昌，淫佚则亡。"司马光《资治通鉴》卷二百三十四中载："取之有度，用之有节，则常足。"[3]著名抗日爱国将领续范亭在《五百字诗》中亦载："节约莫怠慢，积少成千万。一粒米如珠，一菜不许烂。""节约虽有限，万合是十石。细流成江河，冲破东海岸。"[4]深受中华民族传统美德的影响，王金庄人将勤俭持家作为立家之本。当然了，这一传统的形成也与王金庄当地恶劣的自然环境有关系。恶劣的环境、频发的自然灾害、有限的收成让当地人养成了精打细算、崇尚节俭的传统。所以，在王金庄，勤俭持家之人会受到敬重，懒惰奢侈之人则会遭受讥讽，被人嗤之以鼻。当地人称懒

荒废的石头民居

惰者为"懒汉""懒惰虫"，足以见人们对勤俭的崇尚。而辛勤劳作的人总会得到回报。他们的庄稼长势良好，收成可观，能够解决一家人的温饱问题。而对于那些懒惰之人，恐怕面对他们的是田地荒芜，杂草丛生，农作物颗粒无收。所以，一年四季之中，农户起早贪黑，披星戴月，辛勤劳作。即使六七十岁的人，也忙着劳动生产，风尘仆仆，奔波于田间地头。我们在王金庄村民的指引下前往黄龙洞的时候，看到好几位大约60岁的老人，正匆忙地从地里往家赶。村民开玩笑地和我说："你看看我们这里的人多辛苦。"正是崇尚勤俭的传统使得当地人闲不住，随时随地参加劳动生产。在王金庄，有"早起不慌，迟起三慌"的说法，男人一大早就起来干活，挑粪、担水、铡草，女人也起来很早，洒扫庭院、做饭、喂养牲畜等；亦有"缸口不俭，缸底傻眼""宁吃半顿，不能断顿""三天不吃糠，肚里没主张""新三年，旧三年，缝缝补补又三年"等说法。虽然与以前相比，今天王金庄人的生活有了质的变化，但是他们依然保持着这一传统，并身体力行。

诚信为中华民族的优秀传统文化。历史上一诺千金的故事让我们感受到言而有信、言出必行的传统美德的可贵。因此，诚信做人是我们

晒太阳的老人们（涉县农牧局提供）

当代人应该遵守的基本价值规范，亦是王金庄人的操守。我印象最深刻的，就是我第一次来王金庄的时候发生的一件事。在涉县农牧局和井店镇政府的关照下，由林定大叔来当向导，带领我进行社会调查。第一天较为顺利，到了第二天，在调查的途中，突然天降阵雨。这时，林定大叔说，他家的花椒还晒在外面，需要回去收花椒。我就让他赶紧回去，我说我不着急，可以找到回去的路。林定大叔就回去了，我一个人在进行调查。可是不一会儿，他又回来了，说不能把我落在这里，随后继续带领我进行调查。我就说："那你家里的花椒就会淋雨。"他说："没关系的，既然答应要陪同你进行调查，那我不能把你一个人放在这里。"那一刻，我特别内疚，我因自己的行为而损害了林定大叔家的经济收入，而林定大叔却风轻云淡的，什么也没有说。诚信守诺的美德完全体现在林定大叔的身上。"人要实心，火要空心""吃亏是福，行善积德"已经内化在王金庄人的身上，在今天经济利益当先的时代，王金庄人的这种精神十分可贵。

耕读传家、勤俭持家、崇尚诚信的村风，也体现在王金庄村民的家训中，如名以不扬为荣，利以淡泊为誉；教以忠厚为本，学以勤奋为训；求以小处为富，职

去农田干活的老人（涉县农牧局提供）

以不显为尊；行以利人为重，德以厚存为贵；路行窄处留一分给人行，滋味浓时减三分供人食；自强不息，艰苦奋斗以勤获富；有容乃大，贤达礼让以俭取贵等。正因为每一户家庭都有着自己的价值观念，而这些价值观念融合在一起，共同构成了王金庄人的道德品质。今天更需要王金庄人的这种精神。只有把这种精神发扬光大，才能造就一个伟大而充满希望的民族。

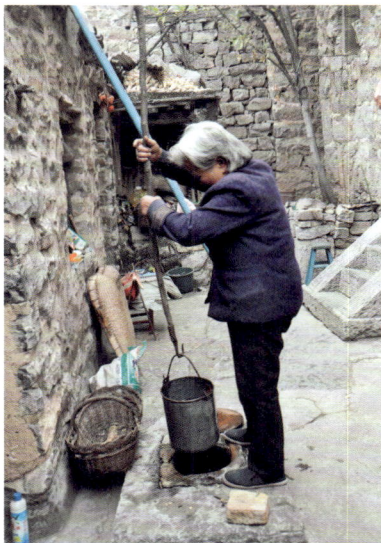

打水的老人（涉县农牧局提供）

注释

[1]　［汉］司马迁：《史记》，中华书局，1959年，第1947页。

[2]　周桂钿编著：《中国传统哲学》，北京师范大学出版社，1990年，第122页。

[3]　［宋］司马光：《资治通鉴》，中华书局，1997年，第7558页。

[4]　续范亭：《续范亭诗文集》，上海人民出版社，1958年，第29页。

驴生日与麻雀生日 **17**

在王金庄，除了过传统的春节外，当地人还给驴和麻雀过生日，这凸显了驴和麻雀在王金庄人
心目中的特殊地位，展现了王金庄人独具特色的文化传统与社会习俗……

给动物过生日是中国传统民俗的一部分。在中国传统春节风俗中，初一到初六分别是鸡、狗、猪、羊、牛、马的生日，而初七则是人的日子。《北齐书·魏收传》对这一风俗进行了记载："魏帝宴百僚，问何故名'人日'，皆莫能知。（魏）收对曰：'晋议郎董勋《答问礼俗》云：正月一日为鸡，二日为狗，三日为猪，四日为羊，五日为牛，六日为马，七日为人。'"[1]从这则材料可以看出，家禽家畜的生日，排在人生日的前面，不仅反映了家禽家畜在农业生产中的重要性，也说明了人类对它们的尊重与重视。这一传统节日风俗已经深深埋植于中华民族的血液之中，是中国传统农耕社会的重要标志之一。然而，在王金庄，除了过传统的春节外，当地人还给驴和麻雀过生日，这凸显了驴和麻雀在王金庄人心目中的特殊地位，展现了王金庄人独具特色的文化传统与社会习俗。

谈及驴，我们印象最为深刻的则是"黔驴技穷"这一成语。它出自唐人柳宗元的《黔之驴》。在这篇文章中，柳宗元对麻木不仁、愚不可及的驴进行了无尽的嘲讽。当然了，柳宗元的这种描写，是有着他自己的用意的。不过，借着这篇文章，我们认识到在唐代驴已经成为一种较为寻常的家畜。如果追溯历史，我们就会发现，驴是由珍贵之物逐步转变为寻常之物的。

我国虽然为世界上最早养驴的国家之一，但是在历史的早期，西北地区的游牧民族一般养驴，而中原地区没有驴。司马迁在《史记·匈奴列传》中对此进行了记载："唐虞以上有山戎、猃狁、荤粥，居于北蛮，随畜牧而转移。其畜之所多则马、牛、羊，其奇畜则橐驼、驴、骡、駃騠……"[2]在中原地区，驴是很珍贵的，可以与珠玉、珊瑚媲美。陆贾在《新语》中指出："夫驴骡骆驼，犀象玳瑁，琥珀珊瑚，翠羽珠玉，山生水藏，择地而居。"[3]随着丝绸之路的开辟、中外文化的

毛驴

交流，驴才被引入中原地区。《盐铁论》中载："是以骡驴骆驼，衔尾入塞，騯騱駃騠，尽为我畜。"[4]到了东汉末年，驴才成为中原地区比较常见的牲畜之一。时至今日，在自然环境与人为因素的双重作用下，不同地区形成了不同的驴品种，主要有关中驴、德州驴、晋南驴、广灵驴等。而涉县王金庄驴的品种为太行毛驴。与其他地区的驴相比，王金庄的驴聪慧而又有灵性。它们不仅能够上坡，还能下坡；不仅能够沿着台阶层层而上，而且也能顺着台阶层层而下，宛如在平地上行走一般。在和当地村民聊天的过程中，他们告诉我，王金庄的驴能够上下台阶，其他地区的驴恐怕不会，即使把其他地区的驴运送到这里，短期内也是无法适应山地环境的。言谈之间，当地村民对驴的骄傲之情自然而然地流露出来。而且，当驴在狭窄的山道上行走，遇到对面有驴过来时，它

劳作后回家（涉县农牧局提供）

们会自动停下来礼让。等对面的驴安全通过后，它们便继续向前走。可以说，王金庄特有的地形地貌造就了与众不同的驴，形成了独具特色的驴文化。与《黔之驴》中的驴相比，王金庄的驴可谓人见人爱。

驴是王金庄人的主要畜力。王金庄地形陡峭，可耕土地几乎全位于山中。上山下山不仅要经过狭长的山路，还要翻越山岭，农业机械无法上山。依山而建的梯田，地块狭窄且长，农业机械无法回旋，难以使用。身体灵巧的驴可以发挥它的作用，它能够在山上、在梯田里活动自如，灵活应对，因而耕地的重要任务就落在了驴的身上。到了今天，当平原地区农业畜力逐步退出历史舞台时，王金庄的驴依然担当重任。然而，随着社会的发展，王金庄驴的数量日益减少，这是令人担忧的一件事。如果没有了驴，王金庄也就失去了它很重要的一个特色。

驴是王金庄主要的交通运输工具，一般会在它们的身上套着鞍鞯，鞍鞯两旁搭着篓子。篓子也就成为装载农业生产资料的用具。人们通过篓子，把粪肥等生产资料运送到山间的田地中，也把田中的收获物运送到山下。当我们来到王金庄后，到处都能看到驴忙碌的身影，有的正在帮主人驮运东西；有的在山间梯田里，跟随着农人的吆喝，辛苦地劳作着；有的驮着自己的主人，在王金庄那狭长而又弯曲的路上，晃悠悠地行走着。

在王金庄，有大量与驴相关的歇后语。歇后语是劳动人民在长期的生产生活实践中，创造出来的一种特殊的语言形式。它短小精悍，形象风趣，反映了中华民族特有的风俗习惯与文化传统。这些与驴相关的歇后语是王金庄人生活的真实写照，是王金庄文化独特性的重要体现。例如，瞎驴推磨盘——团团转，骑驴找驴——昏头昏脑，两兽医抬一头驴——没治，三炮打折驴腿了——旧茬等，如果我们把这些歇后语全部写出来，有100多条。可见，驴已经成为王金庄人生活的一部分。没有

满载而归（涉县农牧局提供）

了驴，王金庄人的生活将会失去色彩。

对王金庄人而言，买一头好驴是十分重要的。因此有人说过，王金庄人对驴的挑剔不亚于挑选女婿。看驴与选驴，也就成为重要的本事。在中国传统农耕文化中，也有一套相驴的方法。张宗法的《三农纪》对此进行了详细的记载："宜面纯而颈，目大鼻空，颈厚胸宽，肋密胕臁狭，足紧蹄圆，走起轻捷，臀满尾垂者可致远；声大而长，连鸣九声者善走。"[5]从长相、走相、毛色、年纪、体形等方面综合考虑，才能挑选出一头中意的驴。王金庄人也有自己的一套相驴方法，他们要求头大而方、耳长而阔、项短而厚、腿壮而实、蹄圆而亮。这些相驴方法与传统的相驴法相比，有着共同之处。虽然张宗法的《三农纪》是记载四川地区的农业生产经验，但是由此也可以看出，一头好驴，无论在哪个地方，都会具有一些共同的特征。

　　驴与王金庄人的生活息息相关，王金庄人是离不开驴的。他们精心地呵护与照看驴。如果有人粗心大意，百般虐待驴，就会受到街坊邻居的指责。在王金庄，喂驴一般是家庭主妇的职责。由于她们较为细心，照顾起驴来，不仅能够得心应手，还让人放心。在农忙时节，主妇们为了让驴吃饱喝饱，顾不上休息，在晚间多次添加饲料。她们宁愿自己吃不好，睡不好，也不会委屈驴。有的年轻人在使唤驴时，出言不逊，动辄出手，大人如果在场的话，会坚决制止，不允许打骂驴。他们甚至还会维护驴，为驴抱打不平，教训这些年轻人。可见，王金庄人宁愿自己吃亏，也不让驴吃亏，驴已经成为王金庄人情感世界的重要组成部分。

　　在王金庄，人与驴相依而存，构建了一幅和谐的生存画面。人们非常尊重驴，每年到冬至这天，他们就会给驴过生日。因此，冬至日又被

牵驴上地（涉县农牧局提供）

称为"牲口生日"或者"驴生日"。王金庄有"打一千，骂一万，冬至喂驴一碗面"的说法，无论你平时如何对待驴，在这天一定要给驴吃碗面条，而且，这一天的草料一定是最好的。当地人通过面条和优质的草料犒劳驴，感谢驴一年以来的辛勤劳作与忍辱负重。

除驴外，当地人还有给麻雀过生日的说法。在腊月初八这一天，

村民骑驴到田间耕作（涉县农牧局提供）

当地村民有喝腊八粥的习俗。腊八粥是用小米、花生、红枣、杂豆等熬成的。在喝粥以前，他们会把一些粥洒到门道、梯子和房顶上，这样就可以让麻雀吃到。当地人之所以这么做，是有原因的，关于原因有不同的说法。一种说法是，相传很久以前，王金庄没有谷子种植，是麻雀从远处把谷子衔来，掉在地上，然后谷子才得以在王金庄生长。喂麻雀腊八粥，是王金庄人知恩图报的表现。另一种说法是，由于麻雀会吃掉谷子，当地人希望用米汤糊住麻雀的嘴巴，不想让它们继续糟蹋粮食。由于王金庄山多地少，粮食种植实属不易，当地人注重节约，不希望浪费一粒粮食，所以想通过此法堵住麻雀的嘴。虽然有不同的说法，但无论怎么样，给麻雀过生日是当地传统特色文化的一部分，是人与自然互动关系的一种体现。

注释

[1]　〔唐〕李延寿：《北史》，中华书局，1974年，第2028页。

[2]　〔汉〕司马迁：《史记》，中华书局，1959年，第2879页。

[3]　陈志坚主编：《诸子集成（第五册）》，北京燕山出版社，2008年，第3页。

[4]　〔汉〕桓宽：《盐铁论》，上海古籍出版社，1974年，第5页。

[5]　〔清〕张宗法著，邹介正等校释：《三农纪校释》，农业出版社，1989年，第567页。

生产习俗与农业传统

农业生产习俗的形成是与王金庄人以粮食生产为主的农业结构联系在一起的。除了种植根食作物外，他们还饲养牲畜，栽植朴木，由此也形成了与之相关的习俗……

所谓生产习俗，是指人们在劳动生产的过程中所产生和形成的风俗习惯。它大体可以分为农业习俗、牧业习俗、林业习俗、手工业习俗、养殖习俗和服务业习俗等。这些习俗受区域自然环境和文化结构的影响，具有明显的地域性差异，呈现多样性。这应了传统时期的一句俗话，"十里不同风，百里不同俗"。正是多样性的习俗，造就了丰富多彩的大千世界，让我们感受到文化的无穷魅力，也激发了我们无穷的兴趣，去探索它、认识它、欣赏它、赞美它。"王金庄"，乍一听起来，和中国千千万万的村庄一样，朴实无华。然而，当我们走进它后，在与它零距离接触的过程中，我们深切感受到它的内涵与意蕴。这里，我们所能认识的王金庄的生产习俗，有农业方面的，也有林业方面的，还有畜牧业方面的。这些形形色色、多姿多彩的生产习俗犹如一道亮丽的风景线，给浑厚雄伟的王金庄增添了道道光彩。

铡刀（涉县农牧局提供）

王金庄的农业习俗是和二十四节气联系在一起的。二十四节气已于2016年11月28日至12月2日在埃塞俄比亚首都亚的斯亚贝巴召开的联合国教科文组织保护非物质文化遗产政府间委员会第十一届常会上被正式列入联合国教科文组织人类非物质文化遗产代表作名录。二十四节气是中国人在农业生产的过程中通过观察太阳的运动认识一年之中的时令、气候和物候等自然变化规律所形成的知识体系。在王金庄人的农业生产过程中，是离不开二十四节气的。可以说，正是有了二十四节气，才使得当地人能够准确地掌握农时，指导农业生产。

与王金庄农业生产相关的节气主要有清明、夏至、立秋等。清明作为传统节日，在中国人的心目中具有崇高的地位。与之有关的习俗活动有踏青、扫墓、荡秋千、放风筝以及插柳等。然而，清明也是开展农事活动的一个重要节点，有这样一句耳熟能详的话，"清明前后，点瓜种豆"。也就是说，在清明节到来之际，人们开始种植各种作物。因为这一时期，气温升高，万物生长，欣欣向荣，为春种春耕的大好时节。《月令七十二候集解》中说："清明，三月节。……万物齐乎巽，物至此时，皆以洁齐而清明矣。"[1]由于王金庄地处太行山深处，气温相对同纬度的平原地区较低。因此，人们种植谷子的时间较晚，一般是在小满或者芒种时期。所以当地人有这样的说法："谷雨谷不如不（种）。""小满夹芒种，一种顶两种。"尽管如此，当地人依然把清明节作为他们预测农事活动的重要依据。"二月清明花开罢，三月清明花不开"，如果清明节在农历二月末期，那就意味着春季来临较早，万物已经复苏，草长莺飞；如果清明节在农历三月，那就表明春天来得较晚，会出现春寒料峭的现象。人们会根据清明节的日期来计算进行农业生产活动的时机。

夏至为一年中白天最长的日子，在古代又被称为"日长至"。这一天，太阳直射北回归线，即到达黄经90度。在王金庄，除了种植谷子外，当地人还种植小麦，所以有"夏至麦青干"的说法。到了夏至，即使没有成熟的小麦也会干枯，这说明麦子不再生长，此时人们必须把麦子收回家。实际上，收割麦子的时间一般是在农历五月，"五月天，龙嘴夺食"。所谓"龙嘴夺食"，在今天看来，应对这个问题是十分容易的。随着联合收割机在麦作区的广泛应用与推广，收割小麦的效率已经十分高，一亩地仅需要十来分钟。但是在以人工收割小麦的时代，一年之中，最为繁忙的时节便是收割小麦之时。如果家中劳力较少，恐怕很难在短期内收割完毕。万一遇到了连阴雨，一年的希望很有可能破灭。人们即使再累再苦，也要咬紧牙关把小麦收回家。在收割小麦的同时，人们还要播种秋种作物。而在王金庄的山地地带，需要在夏至前种植。"夏至高山不种田"，如果晚于夏至，恐怕会白忙活一场，因为种下的农作物受气候的影响，只会开花不会结果，也就是秀而不实。

夏天，天气炎热。我们通常会说"冷在三九，热在三伏"。在大中城市中，受"热岛效应"的影响，三伏天酷暑难耐。但是，在王金庄，受地势的影响，恐怕三伏天也会凉意连连。人们在享受着凉意的同时，还要抓紧时间种植蔬菜和荞麦，"头伏萝卜，二伏菜，三伏荞麦不用盖"。头伏的10天是种植萝卜的最佳时节。如果种植时间过早，萝卜在生长的过程中地温较高，容易疯长，甚至还有可能开花；如果种植过晚，受气候因素的影响，萝卜会生长较慢，等到冬天刨萝卜的时候，萝卜又小又细，不尽如人意。所以种植多早多晚都会影响收成，一定要谨遵农时，不要恣意妄为，否则，"任情返道，劳而无获"。二伏菜，主要为大白菜。在传统时期的华北地区，大白菜是人们过冬的首选蔬菜。要想过一个满意的冬季，必须在二伏天种植白菜。等出了二伏，则迎来白菜生长的最佳时节。三伏一般在立秋之后，所谓"秋后一伏，热死老牛"。不过，这一时期为种植荞麦的最佳时节。据《齐民要术》中记

驴背上的鞍子、篓垛（涉县农牧局提供）

载，立秋前后，都可以种植荞麦。李时珍在《本草纲目》中说："立秋前后下种，八九月收刈，性最畏霜。"[2]由于荞麦喜温凉，不耐高温，生长期较短，一般在八九月就可以收获。

虽然立秋后的一伏相当热，但是传统意义上的秋天由此拉开了序幕。"立秋之日凉风至"，人们可以明显地感觉到早晚时候带有一丝丝凉意，即使中午依旧酷热难耐。由于农业生产遵循着春种、夏长、秋收、冬藏的基本原则，这也意味着收获时节的到来。王金庄人经常提及的一句话是"立了秋把晌丢，立了秋挂锄头"，立秋之后就可以把锄头收拾干净，挂起来，等着收秋。与此同时，也到了收花椒的时候，"立了秋，把椒抠"。对于农人而言，都喜欢秋季，不仅在于秋高气爽，更在于硕果累累。一年的辛勤劳动，总该到了收获的时节。人们看着那一筐筐的花椒、一袋袋的谷子，心中丰收的喜悦油然而生。

王金庄人在日常农业生产活动中，注重把握农时，关注与农业生产息息相关的二十四节气。除了二十四节气外，他们还形成了其他农业生产习俗。比如，"下冷的放神枪"[3]，乍一听，这句话让人难以理解。实际上，"冷的"的意思是冰雹，"神枪"指铳炮，通常为三眼，那么这句话的意思就可以理解为下冰雹的时候需要打神枪。当狂风大作、冰雹来临时，王金庄人通常会点上神枪，对天鸣放，这样有可能吓退冰雹，不再让它为害一方。众所周知，夏季受冷热气流对流的影响，容易发生雹灾。冰雹不仅会打烂树上的果实，还会打破庄稼叶子，对农业生产而言，这几乎是毁灭性的打击。所以农人们不愿意看到冰雹。可是，气流的循环，不以人的意志为转移。面对冰雹，人们想出各种各样的应对方式，除对天鸣枪外，还可以把菜刀抛向空中。据说王金庄当地有些人认为冰雹是由蛟龙带来的，当下冰雹的时候，把家中的菜刀抛向空中，就可以吓跑蛟龙。

用枪打冰雹或者用菜刀镇住蛟龙，目的在于确保粮食作物的丰收。王金庄人在收获粮食的时候，还有"打场护掠头"的习俗，即将庄稼收到场里碾场完毕后，把干净的粮食堆在一起，在粮堆的前面烧香，并围着粮堆放鞭炮，当地人称之为"祭场"。为了防止粮食被毛神盗走，王金庄人还特意把鞭子和扫帚插在粮堆上。之所以这么做，原因在于毛神

石磨（涉县农牧局提供）

十分害怕这两样东西。等到祭完场后，人们才会把粮食运回家。当地人对粮食的敬畏，说明了收获的来之不易，也说明了农业生产在人们生产生活中的重要性。只要人们以虔诚的心态照料农业，自然会得到报答。

　　农业生产习俗的形成是与王金庄人以粮食生产为主的农业结构联系在一起的。除了种植粮食作物外，他们还饲养牲畜、栽植林木，由此也形成了与之相关的习俗。王金庄的畜牧业习俗之一就是为驴过生日，这在前面已提及，这里不再进行讨论。此处着重说的是当地牲畜市场买卖牲畜时的风俗习惯，即"怀抱底下捏指头"。在买卖牲畜的时候，需要讨价还价。如何讨价还价？这是需要技巧的。对于牲畜市场的经纪人而言，他们是看牲畜的好把式，能够根据牲畜的外形，辨别它的优劣，也能够根据其口齿的整齐情况，推算牲畜的年龄。牲畜买卖双方在商议价格时，需要经纪人从中说合。当然了，还价的时候，不像我们在菜市场上买菜那样，高声喧哗、大声吆喝，一般是秘密进行的。原因据说是牲

洗衣用的石巢（涉县农牧局提供）

畜在王金庄人的生活中占重要的地位，人们一般把它当作家人看待，不忍心将其卖掉，所以只能秘密讨价还价。实际上，采取秘密交易的方式，是为了避免明码标价让其他人知道交易的真实价格。这种交易的方式，主要是利用手指头。不同手指头的组合及其形状，代表不同的价格。通常而言，食指代表"1"，食指与中指代表"2"，中指、无名指和小拇指代表"3"，食指与中指、无名指、小拇指代表"4"，把全部指头捏在一起则是"5"，大拇指和小拇指捏在一起代表"6"，大拇指、食指和中指捏在一起代表"7"，撇大拇指和食指代表"8"，食指一弯曲代表"9"，手掌一反一正转一下代表"10"。利用5个手指头，就完全可以讨价还价，这也为秘密交易提供了便利的条件。在说合牲口价的时候，要么是在外套衣服里面，要么是在袖筒里面，还有的是用毛巾遮住。总之，一定不要让外人看到。这种牲畜交易的方式，为传统时期农业文化的重要组成部分，在某种程度上，也可以说是非物质文化遗产的一部分。然而，随着历史的演进、牲畜经纪人的消亡，牲畜交易的方式已经发生变化，它已退出历史舞台，只存在于老一辈人的记忆中。当我们在王金庄进行调查的时候，人们会谈起这种牲畜交易的方式，但在现实中，它们已经不存在了。但无论如何，它曾在王金庄的历史中扮演过重要的角色。

林业的风俗习惯有"砍树与还生土"。王金庄人在砍树的时候，一定先要上供或者鸣放鞭炮，这样做的目的主要是告知土地神砍树的事情。如果恰好土地神在要砍的树的下面，则要提前躲避，以免被惊扰。祭祀完毕后，人们就开始着手砍树。在树倒下的那一瞬间，砍树的人一定要在第一时间从地上抓起一把土，撒在被砍的树桩上，这把土被称作"还生土"。而撒过还生土的树桩，还可以重新发芽抽枝，长成参天大树。如果不撒还生土，对砍树的人而言，是极其不吉利的，家中很有可能出现变故。要避免变故的出现，唯一的办法就是准备供品专门为树上供，祈求树的原谅。王金庄这种砍树的方式，十分独特，间接反映了当地人的一种生态观。

地处太行山深处的王金庄，由于其复杂的地貌，构建了种植业、畜牧业与林业相结合的生产方式，形成了与之相关的生产习俗。这些习俗为王金庄人智慧的结晶，是我们认识、了解王金庄传统农耕文化的重要窗口。如果你对这些习俗感兴趣，那就来王金庄体验一番吧。

注释

[1]　[元]吴澄：《月令七十二候集解》，中华书局，1985年，第3页。

[2]　[明]李时珍编纂，刘衡如、刘山永校注：《本草纲目》，华夏出版社，2008年，第985页。

[3]　涉县井店镇人民政府、涉县文化广电新闻出版局编：《王金庄》（内部资料），2013年，第194页。

19

王金庄的谚语

对于那些久经风霜、满脸沧桑的老农而言，他们对于这些谚语耳熟能详，可以将其娓娓道来；然而对于那些衣着时尚、举手投足充满现代气息的年轻人而言，当提及王金庄当地的谚语时，他们中的大多数人犹懵无知……

谚语是那么的熟悉而又令人陌生。熟悉的是，它在中国几千年的历史进程中发挥了重要的作用，人们利用它进行气候的预测、农事的安排、道德品质的培养、社会的教化。陌生的是，随着农业社会向工业社会过渡，以农业社会为基础的谚语，在逐步地失去它生长的土壤，被人们扔进了历史的故纸堆中。保存谚语，在一定程度上是保护传统文化。国家和社会各界认识到谚语在传统文化中的地位，先后把一些地方的谚语列入非物质文化遗产中。2011年5月23日，沪谚被列入第三批国家级非物质文化遗产名录。2014年11月11日，陕北民谚被列入第四批国家级非物质文化遗产名录。王金庄这样一个传统农业生产方式占主导地位的村庄，也保留下来大量的谚语。对于那些久经风霜、满脸沧桑的老农而言，他们对于这些谚语耳熟能详，可以将其娓娓道来；然而对于那些衣着时髦、举手投足充满现代气息的年轻人而言，当提及王金庄当地的谚语时，他们中的大多数人懵懂无知。谚语，这样一个与人们生活密切相关的知识体系，逐渐地远离王金庄人。

说一千道一万，谚语的内涵究竟是什么？《文心雕龙·书记》中记载："谚者，直语也。……夫文辞鄙俚，莫过于谚。"[1]《说文长笺》中亦载："传言者，一时民风土著议论也，故从彦言；若鄙俚淫僻之词，何谚之有！观彦言而可以知寓教于文矣。"[2]谚语是以口语的形式广泛流传于民间的短语。按内容不同，它可以分为认识自然现象的谚语、总结劳动生产经验的谚语、总结生活经验的谚语。可见，谚语是认识自然、了解人间百态、观察人情世故的窗口。在王金庄的谚语知识体系中，既有气象谚语，又有农牧生产谚语，亦有警示谚语。前两个总结了气候变化规律与生产经验，而警示谚语则是人们对生活经验的总结。

古代中国以农立国，农业生产在经济结构中占主导地位。如何进行农业生产，是我们的先人们所面临的主要问题。他们在长期的农业生产实践中，加深了对气候现象和物候规律的认识，从而形成了大量与气候、物候相关的谚语。"不懂二十四节气，白把种子撒下地。"王金庄人把二十四节气和农业生产的关系生动地描述出来，二十四节气是人们掌握农时的重要依据，通过它才能进行正常的农业生产，否则，很有可能竹篮打水一场空。"二伏三伏，地热蒸馍；三九四九，冻破茶臼。"三九天与三伏天是一年中最冷和最热的时候，王金庄人以形象的比喻形容不同的气候特点。"蚂蚁搬家蛇溜道，老牛大叫雨就到。""蜻蜓飞得低，出门带雨衣。""蛤蟆高处跑，大雨就来到。""老鸡进窝早，明天天气好。""马蜂檐下扎窝，今年雨水定多。"自然万物对天气的变化极为敏感，王金主人根据动物反应的特点，总结出来一套极具感性经验的规律。当然了，对于蚂蚁搬家和蛇溜道，在我的记忆中，也和下

村中老太太正在做针线活（涉县农牧局提供）

夏日梯田（涉县农牧局提供）

王金庄集市（涉县农牧局提供）

雨联系在一起。直到现在，有时在路上行走，碰巧看到蚂蚁黑压压成群结队地在路边，我就在想是不是快要下雨了。

　　王金庄人在认识气候和物候的过程中，还总结出大量与农牧生产经验相关的谚语。关于施肥与锄地的谚语有："种地不上粪，净是瞎胡混。""扫帚响，粪堆长。""头遍浅，二遍深，三遍锄地擦地皮。""立了秋锄小苗，一亩地打一小瓢儿。""秋天划破皮，胜过春天犁一犁。深耕加一寸，顶上一茬粪。"关于农作物种植、生长与收获的谚语有："头伏萝卜二伏菜，三伏头上种荞麦。麻三菜四谷五天，豆子三天离了土。""秋分谷上场，地冻萝卜长。""小满接芒种，一种顶两种。""立秋摘花椒，白露打核桃，霜降摘柿子，立冬打软枣。"关于家畜饲养的谚语有："打一千，骂一万，冬至喂驴一碗面。""栽桐树，养母猪，三年下来当财主。""养猪养羊，有肉有粮。猪吃百样草，饲料不难找。""有戏自家唱，有羊自家放。""牛马是功臣，好比家里一口人。"当然了，农作物是需要精心照料的，只有你付出了，才有回报。"人勤地生宝，人懒地生草。""春争日，夏争时，种地宜早不宜迟。""人勤地不懒，种田七分管。""春天人儿少，夏天知了闹。秋天蟋蟀鸣，冬天雪花飘。一年四季勤为宝。"这些谚语是勤劳善良的王金庄人实践的产物，也是他们日常生活的真实写照。

协调人与自然万物的关系，是王金庄人所要面对的。处理人与人之间的关系，也是他们不可逃避的。怎么处理人与人的关系，王金庄人有着自己的经验总结，形成了大量的警示谚语。在王金庄人看来，要处理好乡亲邻里的关系，首先自己要身正，不贪图小便宜。"为人应讲三分义，留下清风望细雨。""占小便宜吃大亏，不走小路不坎背。""在家不欺人，出门人不欺。""为人不做亏心事，不怕半夜鬼叫门。""远亲不如近邻，近邻不如对门。""树直用处多，人直朋友多。""人要脸树要皮，没皮没脸不如驴。"这些谚语以通俗、形象的语言反映了当地村民为人处世的原则，是王金庄民风淳朴的真实写照，也是王金庄人耕读传家、勤俭持家、崇尚诚信传统的真实体现。俗话说得好，"近朱者赤，近墨者黑"，生活在这样一个氛围中的人，潜移默化，自然养成了良好的道德品质。当我们在王金庄进行社会调查的时候，在接待我们这些外来者的态度上，明显地感受到他们纯朴、善良、友好的一面。王金庄人除了用谚语来阐述做人做事的原则外，还在家训中表达了他们的这些原则，如："教以忠厚为本，学以勤奋为训。""行以利人为重，德以厚存为贵。""路行窄处，留一分与人行。"……除此之外，王金庄还有很多歇后语，也阐述了王金庄人做人做事的基本原则，如："饿死不吃猫碗饭——人穷志不穷。""初一清早拾了只兔的——有肉没肉要过年。"在当今社会，王金庄人的

青山绿水映衬下的民居（涉县农牧局提供）

做人做事原则难能可贵，也是值得我们深思和学习的。

除了乡亲邻里的关系外，王金庄人还注重家庭关系的处理，由此形成了一套理论体系。讲究人伦亲情的谚语有："子不嫌母丑，狗不嫌家穷。""虎毒不吃子。""父母高堂在，子不远游乡。""在家敬父母，何必远烧香。"重视人伦亲情是农业社会的产物。父慈子孝、兄友弟恭，是我们处理家庭关系时所追求的目标。王金庄人用通俗的语言把这些目标清楚地描述出来，传播到每一个家庭、每一个人那里，并身体力行。讲究家庭教育的谚语有："明教子，暗教妻，棍棒之下出孝子。""儿孙自有儿孙福，莫为子孙当牛马。""娇养忤逆子，严师出高徒。"如何教育子女，是我们每一个家庭所面临的问题。王金庄人坚持严格要求的原则，不溺爱、不宠爱，理性地进行家庭教育。随着生育率下降趋势的加重，今天我们的学校教育与家庭教育存在着很多问题，溺爱孩子恐怕是其中最为严重的。怎么管教孩子，王金庄人的谚语已经告诉了我们一切。在中国传统社会中，讲求多子多福。王金庄人却对多子多福有着不同的理解："多儿多女多冤家，少儿少女享荣华。""儿多母受苦，蝎子多了扎死母。"如果孩子过多，没有教育好，恐怕只会给父母带来伤悲。关键的问题在于孩子的教育，如果教育得好，即使孩子少，也会给父母带来无限的荣耀。

　　在王金庄人那里，珍藏着很多谚语，集聚了大量的生活智慧。我们这里所提到的这些谚语，仅仅是其中的一小部分。你只有来到王金庄，才会有更深刻的体会。认识王金庄，参观王金庄，不能只看到风景优美的一面，还要了解其所蕴含的人文情怀和道德价值。

注释

[1]　［南朝梁］刘勰：《文心雕龙》，上海古籍出版社，2010年，第52页。

[2]　［清］杜文澜辑，周绍良点校：《古谣谚》，中华书局，1958年，第1055—1056页。

黄龙传说与钻洞习俗　20

关于黄龙洞名字的缘起，还有一个美丽的传说。相传，东海的黄龙赴秦晋时，经过此地发现一个美轮美奂的天然溶洞，便住了下来，黄龙洞因此得名……

中华民族为龙的传人，龙文化在中华文明中具有特殊的地位。然而，龙这一特殊的动物形象是怎么形成的，恐怕仁者见仁，智者见智。对于龙的形象，古人是有所记载的。李时珍的《本草纲目》中载："龙者鳞虫之长。王符言其形有九似：头似驼，角似鹿，眼似兔，耳似牛，项似蛇，腹似蜃，鳞似鲤，爪似鹰，掌似虎，是也。其背有八十一鳞，具九九阳数。其声如戛铜盘。口旁有须髯，颔下有明珠，喉下有逆鳞。头上有博山，又名尺木，龙无尺木不能升天。呵气成云，既能变水，又能变火。"[1]在这里，李时珍指明了龙的形象，但是它是如何形成的，李时珍并没有说清楚。近人闻一多对此进行了阐述。他在《伏羲考》一文中指出："大概图腾未合并之前，所谓龙者只是一种大蛇。这种蛇的名字便叫作'龙'。后来有一个以这种大蛇为图腾的团族兼并了、吸收了别的形形色色的图腾团族。大蛇这才接受了兽类的四脚，马的头、鬣

关帝庙庙堂（涉县农牧局提供）

龙王庙

和尾，鹿的角，狗的爪，鱼的鳞和须……于是便成为我们现在所知道的龙了。"[2]可以看出，龙的形成是以蛇为图腾的部落与其他部落相互融合的结果。除此解释外，还有人认为龙的原型为扬子鳄、蛇等爬行类动物。无论如何，龙的这一形象已经深深地烙在了中华民族的传统之中，成为中华民族的化身与象征，代表着智慧、威武与权力。而与龙有关的神话传说也比比皆是，遍及中华大地的角角落落，即使王金庄这样一个地处太行山深处的村庄也不例外。在王金庄流行着黄龙的传说，与这一传说相联系的则是黄龙洞与龙王庙。

　　我初识黄龙洞，是在2016年涉县大暴雨过后。面对着满目疮痍的王金庄，我为了弄明白洪水的来源，就在林定大叔的带领下，沿着王金庄的街道，从街尾向街头前进。走在凌乱而到处都是石块的街道上，林定大叔向我介绍着当地的地形及洪水的源头，并特别提及黄龙洞。为了

雨季的黄龙洞（涉县农牧局提供）

了解黄龙洞，我就让林定大叔带我去实地参观。接着，林定大叔把我带到离黄龙洞不远的街边，指着远远的那一片湖泊告诉我，黄龙洞已经被水淹没，我们是看不到它的正面的，我深感遗憾。

又一次来到王金庄，是在2018年的春夏之交。我们与当地村民攀谈时，提及该村小有名气的黄龙洞，村民向我们介绍了当地钻黄龙洞的习俗等情况。当我们提出想实地考察该洞时，村民欣然同意并亲自做向导带我们前往。该洞位于王金庄村西大南沟，与王金庄村核心居民区相距约2千米，步行20多分钟。路途之中多有陡峭之处，行走颇为不便，我们一边赶路，一边观赏路边的梯田以及田里种植的各种庄稼，也别有一番趣味。面对路旁的各种蔬菜，我们玩起来猜蔬菜名称的游戏。结果，对于有些蔬菜，我还真叫不上它们的名字，闹出了张冠李戴的笑话。对于我而言，由于从小生活在农村，有些蔬菜的名称还是能够叫上来的，只不过各地的方言可能存在着一些差异。但是，有些蔬菜我也没有见过，对于它们的名字，自然不熟悉。看来，我们还是不够接地气，农村生活的经验还是欠缺的。

据村民介绍，黄龙洞每逢雨季下连阴雨时，洞里都会涌出大量泉水，最大时水流量可达每秒2立方米。黄龙洞在百分之八十的年份都要涌水，多数是从伏天开始，一直到农历十月底。只要洞里出水，来年农业生产就会丰收；如果洞里不涌水，来年基本上会歉收。当地人把这一现象作为判断粮食能否丰收的依据。隔湖相望，便是气势磅礴的人工大坝。1969年王金庄村民为解决水源短缺问题，不畏艰辛和困苦，靠血肉之躯，修建了一座13万立方米的水库，用以拦截黄龙洞泉水，为当时农业生产及生活用水的供给，立下了汗马功劳。但在我们到达之时，水库已经干涸得只剩一湾浅水，没有了往昔的雄壮。大坝上若隐若现的水痕，无言地诉说着它曾经的辉煌与功勋。

关于黄龙洞名字的缘起，还有一个美丽的传说。相传，东海的黄龙赴秦晋时，经过此地发现一个美轮美奂的天然溶洞，便住了下来，黄龙洞因此得名。泉水从黄龙洞一泻而下，形成一帘壮观的瀑布，飞溅而起的水珠似串串珍珠，在阳光的照射下，熠熠生辉。这种情景不由得让我想起李白的诗句："飞流直下三千尺，疑是银河落九天。"

到达黄龙洞后，一眼可见人工修造的石拱门，门外平坦开阔。我也曾入洞进行体验，洞内一片漆黑，什么也看不见，需要借助手电筒方能前行。从洞口进去10多米相对宽敞，越往里越狭窄，大约进入洞深的一半，一块巨石立于途中，巨石偏上，生有一方扁圆石口。人们将这块巨石称为"界石"。相传，该界石为验心石，如果有人做了亏心事，将会被卡住，不能动弹。但由于有水，洞内成为蚊虫的最佳繁衍之地，越往深处蚊虫越多。数以千万的蚊虫也成为人深入洞底的最大障碍。

黄龙洞洞深约70米，接近洞底时又是一番景象，一条深不见底的裂缝映入眼帘，该缝长约3米，宽约0.5米，勉强一人可进去。进去后只见一石楼，分上下两层，楼上大约一间房子大小，可同时容纳六七人，楼下为水窖大小的扁圆状的洞底，洞的北侧又有一条像门一样的石缝。石缝的下半截被人用石头垒住，据说深不可测，现如今游人只能到此止步。有人说，这个被垒住的为水眼与清漳河相通，每当雨季到来时，就会涌出很多泉水，以养育王金庄的万物。据相关资料记载："王金庄地处深山，属寒武、奥陶纪石灰岩层，地下水贫乏，每逢盛夏，清漳上游，雨水充沛，必有潜流受压力作用穿隙渗出。"[3]

王金宝村民素有钻黄龙洞的习俗，但因历时久远，现已无从考证。可以猜测的是，这一习俗可能源于祖先崇拜。古代中国便有"国之大事，在祀与戎"的传统。故而，追忆和祭祀祖先成为汉族的传统便不足为怪

旱季的黄龙洞

黄龙洞内景

了。当地村民有每逢重要时间节点钻黄龙洞的传统。每年正月初一、十五这两天，村民早饭过后的第一个节日活动就是钻黄龙洞。只见他们你追我赶，前呼后拥，成群结队，熙熙攘攘，蜂拥而至，从而构成王金庄节日风俗中的一道独特的风景线，这也为节日增添了许多乐趣。

龙王庙位于黄龙洞的上面。我们参观完黄龙洞之后，沿着水库的边缘爬上去，便来到龙王庙的跟前。可是，龙王庙的大门锁着，我们只能透着门缝看到里面的香火炉。虽然我们无法进去参观，但它曾经的辉煌依然隐约可见。根据史料记载，龙王庙建于元至元二十七年（1290年），历经元、明、清等时期，直至今日。不同时期，当地人为了祈求龙王的护佑，都会对龙王庙进行修缮。历史上所记载的重修大约有5次，现在我们所看到的龙王庙是2005年由王金庄当地人修建的。龙王庙有正殿3间、西厦7间、正殿东山外厨房1间，院长13.15米，宽7.1米，面积93.37平方米，总占地面积181.61平方米。总之，黄龙洞、龙王庙与钻洞习俗共同构成了王金庄人精神世界的一部分。

注释

[1] ［明］李时珍著，刘衡如、刘永山校注：《本草纲目》，华夏出版社，2008年，第1581页。

[2] 闻一多：《闻一多全集（第一册）》，生活·读书·新知三联书店，1982年，第26页。

[3] 涉县井店镇党委、井店镇人民政府，涉县文化创意研究中心编：《走进王金庄》（内部资料），2015年，第137页。

绑娃娃

21

求子仪式被当地人叫作"绑娃娃"，又称"拴娃娃""拴喜""拴孩""叩儿""抱孩子"等。当地人们之所以从女娲娘娘那里求子，一方面，是与女娲娘娘造人的传说故事有关……

　　位于涉县的娲皇宫可以说是当地的一张名片，也是涉县悠久历史文化的展示窗口。我们准备前往娲皇宫考察的这天早晨，天空阴沉沉的，颇有"山雨欲来风满楼"之势，不久便下起了淅淅沥沥的小雨。纠结很久后，我们最终还是出发了。但当我们到达娲皇宫时，天居然放晴了，欣喜之情溢于言表。雨后的娲皇宫上空烟雾缭绕，像极了人间仙境，颇有几分神秘气息。而当我们参观完毕准备离开时，天空又下起了中雨，心中暗自庆幸。一起同行的朋友甚至开玩笑说，"今天是女娲娘娘显灵，保佑我们顺利完成了既定行程"，我不置可否。

　　涉县境域全为山区，太行山余脉横亘全境。相传，位于涉县的中皇山是女娲娘娘炼石补天、团土造人的地方。清代顾祖禹在《读史方舆纪要》卷四十六《河南一》中说："太行山，一名五行山，亦名王母山，又名女娲山。"[1]涉县民间素有"绑娃娃"，即向女娲娘娘求子的习俗，而这一习俗大概源于该地女娲造人的传说。

　　女娲娘娘为中国上古神话体系中的创世女神。汉人许慎《说文解字》中载："娲，古之神圣女，化育万物者也。"[2]与女娲娘娘有关的神话故事主要是创造人类和炼石补天。

娲皇宫景区景致

　　女娲创造人类的神话故事有不同的说法。一种说法是女娲独自创造了人类。自盘古开天辟地后，宇宙间的万物已经形成，日月星辰、山川草木、鸟兽虫鱼，可是没有人类。女娲一个人生活在这样的世间，孤独寂寞。当地独自一人在黄河边行走的时候，突然萌生灵感，要按照自己的模样造人。一开始，她一个一个用泥捏，可是速度太慢。于是，她将一根藤条在泥潭里蘸了一下，然后用力向地上甩去，一个个人就这么诞生了。自此以后，世间就有了人类，女娲也不再孤独。另外一种说法是伏羲、女娲成婚，延续了人类文明。唐人李冗在《独异志》中对伏羲、女娲成婚的故事进行了详细的记载："昔宇宙初开之时，只有女娲兄妹二人在昆仑山，而天下未有人民。议以为夫妻，又自羞耻。兄即与其妹上昆仑山，咒曰：'天若遣我二人为夫妻，而烟悉合；若不，使烟散。'于烟即合。其妹即来就兄，乃结草为扇，以障其面。今时人娶妇执扇，象其事也。"[3]伏羲、女娲兄妹成婚延续人类文明的故事，在我们今人看来是不可思议的。但是，这是上古时期婚姻制度的现实反映。虽然关于女娲造人的神话传说存在着各式各样的说法，但是这些说法也共同地说明了女娲是我们人类的始祖。

女娲娘娘创造了人类，也要为他们的安全负责。与火神祝融交战失败的水神共工，撞倒不周山，导致天塌地陷，间一片混乱黑暗。为了拯救人类，女娲采五色石补天。根据《淮南子·览冥训》《路志》《独异志》等相关文献的记载，女娲在涉县凤凰山一带炼石补天，于是"炼五色石以补苍天，断鳌足以立四极"。从此以后，"苍天补，四极正，淫水涸，冀州平"，人类和万物得以繁衍生息。为了纪念女娲，人们在她炼石补天的地方，即河北涉县中皇山（女娲山）上，修建了娲皇宫。娲皇宫不仅是全国五大祭祖圣地之一，也是全国规模最大、肇建时间最早、影响地域最广的奉祀女娲的历史文化遗存，被誉为"华夏祖庙"。它始建于北齐，至今已有1400多年的历史。现在的娲皇宫，多为明清以来的建筑。北齐时期的建筑，仅仅留下石窟与摩崖刻经。石窟内的塑像已被破坏，只有内壁的环刻经文保存较为完好。

娲皇宫俗称"奶奶顶"，每年农历三月十八，人们都要去祭拜女娲娘娘，目的在于求子。不过，求子的风俗随着时代而发生着变化。其中之一便是拿走女娲娘娘身边的布娃娃。求子的人在女娲娘娘面前敬拜后，紧接着拿出带有铜钱的绳索，套在布娃娃的脖子上，嘴里叫几声"狗儿"或"花花"之类的称呼，然后把布娃娃装在裤腰里，往回走，走几步，叫一声，一直到家，再把布娃娃塞进被窝里。当我们在娲皇宫里参观的时候，发现这里的布娃娃非常多，他们全部在女娲娘娘的身边。当地人告诉我们，一般在求子应愿后，必须还愿，否则女娲娘娘会怪罪的。还愿时，需要多送几个布娃娃到女娲娘娘的身边，这样女娲娘娘身边的布娃娃会越来越多。我们亲眼看到一名妇女在她家人的陪同下求子的过程。在工作人员的协助下，这位妇女先在女娲娘娘塑像前面作揖，然后在供桌上铺上红包袱，把一个布娃娃放在红包袱里，小心翼翼地把包袱包好后，抱在怀里，陪同她的老妇人在供桌上放上一些饼干、小馒头之类的食品后便离开了。此情此景，我们也默默祝愿这位年轻的妇女能够心想事成。虽然今天我们对生孩子的原理已经可以用科学的方法进行说明，对不孕不育的问题也可以用医学的方式进行治疗，但是，民间求子的行为也可以在一定程度上疏解人们焦虑的心情，它作为几千年来所留下的风俗习惯，具有一定的文化价值，不可全盘否定。

人们拜求女娲娘娘，除了向她求子外，也有祈福的。我们在参观娲皇宫的时候，也看到有人在女娲娘娘像前祈福。向神仙祈福，祈求他们保佑自己和家人平安富贵、健康长寿，是中国长久以来民间的传统习俗之一。虽然这些习俗，在今天看来有些荒唐，但是，它和求子习俗一样，能够有效地缓解人们心中的焦虑，给人以美好的期望，因此长久而不衰，延续至今。

在王金庄有一个白玉顶奶奶庙，位于王金庄村西大南沟。只不过，

娲皇宫

娲皇宫景区里的石窟

娲皇宫景区里的石经

里面所供奉的碧霞元君为女娲娘娘的侍女，也可以求子。该庙修建于1938年冬天，有主庙三间，主庙外面的石柱子上刻有"坐太山镇神州巍巍乎娲皇圣母，掌东岳灵应宫赫赫然碧霞元君"。每逢农历三月十五举行庙会时，十里八村的人前来祭拜碧霞元君，祈求人丁兴旺，风调雨顺，岁月平安。

求子仪式被当地人叫作"绑娃娃"，又称"拴娃娃""拴喜""拴孩""叩儿""抱孩子"等。当地人们之所以从女娲娘娘那里求子，一方面，是与女娲娘娘造人的传说故事有关。在中国人的记忆中，女娲娘娘创造人类，那她也可以送给我们一个孩子。有了这种认识，人们就会去女娲那里祈求孩子，逐渐形成了求子风俗。时至今日，遍及全国各地的女娲宫、女娲庙，是这种风俗习惯的真实写照。另一方面，这与汉民族多子多孙的传统相关。汉民族是农耕民族，以农耕种植为主，千百年来形成了精耕细作的农业生产技术。在传统农业生产中，劳动力资源是至关重要的。一个家庭，如果劳力较多，生产效率就越高，家庭收入也就会越多；一个国家，如果所控制的人口较多，国家就会持续稳定并欣欣向荣。正是因为农业生产对劳动力的需求，自然形成了多子多福的传统。在中华民族的传统文化价值体系中，传宗接代被认为是家族中年轻人义不容辞的责任和义务。

"养儿防老""母以子贵""传宗接代延续香火"的思想在老百姓心中根深蒂固。传统时期，如果一个家庭中没有男丁，家中的妇女在家中甚至在整个宗族内没有地位，抬不起头来，因此，那些多年未生育

白玉顶奶奶庙（涉县农牧局提供）

村中婚礼上的迎亲队伍（涉县农牧局提供）

孩子们放学回家（涉县农牧局提供）

儿子的妇女，热衷于前往娲皇宫敬神求子。随着时代的发展，传宗接代的思想虽然已经发生变化，但是拥有自己的孩子，恐怕是每一个人的愿望。我们在参观时，遇到络绎不绝的香客，想来他们中肯定有人是来求子的，抑或是心愿已成前来还愿的。

注释

[1]　［清］顾祖禹著，贺次君、施和金点校：《读史方舆纪要》，中华书局，2005年，第2093页。

[2]　［汉］许慎：《说文解字》，中华书局，1963年，第260页。

[3]　［唐］李冗：《独异志》，中华书局，1985年，第51页。

哭街　22

　　哭是人类表达悲痛情感最为直接的一种方式，所以哭丧也就成为中国丧葬礼俗的一大特色。哭丧在我国兴起较早。先秦时期，人们对于丧礼中的哭有了不同的分类，哭而有泪为"泣"，哭而无泪为"号"，捶胸顿足而哭为"擗踊"。到了汉武帝时期，便有了哭丧的仪式，甚至出现了专门用在哭丧仪式上的挽歌，以表达对死者的哀思。《晋书·礼志》中载："挽歌出于汉武帝役人之劳歌，声哀切，遂以为送终之礼。"[1]这一时期有名的挽歌有《薤露》《蒿里》等。其中，《薤露》的歌词为："薤上朝露何易稀。露薤明朝更复活，人死一去何时归？"《蒿里》的歌词为："蒿里谁家地？聚敛魂魄无贤愚。鬼伯一何相催促？人命不得少踟蹰"。除汉族外，少数民族也有唱挽歌的习俗。《隋书·地理志》记载了南方少数民族的这种习俗："其死丧之纪，虽无被发祖踊，亦知号叫哭泣。……其左人则又不同，无衰服，不复魄。始死，置尸棺舍，邻里少年各持弓箭，绕尸而歌，以箭扣弓为节。其歌词说平生乐事，以至终卒，大抵亦犹今挽歌。"[2]到魏晋南北朝时期，哭丧仪式的发展更加兴盛，成为丧礼中不可分割的一部分，出现了唱挽歌的歌手，形成了专门唱挽歌的职业队伍。

　　哭丧仪式贯穿丧仪的始终，从逝者断气到下葬，甚至到丧期结束。然而，大殓、出殡、逝者灵柩置于墓穴之时的哭丧仪式是最受重视的。《礼记·问丧》中载："动尸举柩，哭踊无数，恻怛之心，痛疾之意，悲哀志懑气盛，故祖而踊之，所以动体安心下气也。妇人不宜祖，故发胸击

出殡（涉县农牧局提供）

鳞次栉比的房屋（涉县农经局提供）

心爵踊，殷殷田田，如坏墙然，悲哀痛疾之至也。故曰：辟踊哭泣，哀以送之，送形而往，迎精而反也。"[3]随着丧事的进行，孝子孝孙们一定要捶胸顿足，痛不欲生，悲伤万分。在丧礼中，可以看到各式各样的哭相，有的悲悲切切，有的声嘶力竭，有的惊天动地，有的声若游丝，有的边哭边诉。但无论哪种哭，都有它独特的内涵存在。这不仅因为哭泣是礼仪的需要，还因为对于中国人来说，死亡是最惨烈的离别。倘若生者不在离别时哭泣，恐怕要受到世人的嘲笑与鄙视，嘲笑其为无情之人，鄙视其与逝者毫无感情。

在王金庄，有老人去世的家庭，在老人去世的当日便被称为"丧家"，其大门的中间会贴上白纸，门上挂着纸幡。已经出嫁的女儿在与离世的老人告别后，便哭着回到自己的婆家煮麻糖，听闻哭声的左邻右舍也会帮忙煮麻糖。所谓麻糖，即圆形的油炸麻花。等到麻糖煮好后，

保存完好的清代门楼（涉县农牧局提供）

女儿便提着篮子，手扶着墙根，一边走一边哭，一直哭到父母的灵枢前，并把麻糖献给已经去世的父母，以感谢父母的养育之恩。除女儿外，侄女、干女儿、干儿媳等也在各自家中煮好麻糖后，沿街哭到丧家，将麻糖上供。一般而言，五服之内的亲戚如外甥女、外孙女、重侄女、重外甥女、表侄女、表外甥女等，都要去吊丧哭街。

哭街是有一定讲究的。哭的声调虽然因人而异，但总体上要抑扬顿挫，铿锵有力，有板有眼，浑然天成。哭街时，一定不能走快，走得越慢越好，扶住墙，眯住眼，身体做前仰后合之态，以表达自己的悲痛之情。哭街走得越慢，诉说得也就越多，愈加悲切，愈加感人。这正如王金庄知名文化人士王叔梁在《白事遗风》中所说的那样，"托住墙，眯住眼/辅之以身子的前仰后合/韵调还得圆滑、浑厚、高亢/有点像古戏的老旦慢板/边哭边编着各自的悼词/褒多贬少"。如果能让沿街的观众感同身受流泪了，哭街就算成功了。

在哭街的过程中，不同身份的人有不同的哭街内容。女儿哭娘时，一般的哭街内容为："娘啊！娘啊！受了罪的娘啊！以后俺可怎么过呀……嗯哼哼……娘啊！娘啊！受了磨难的娘啊！俺以后依靠谁呀！……嗯哼哼……娘啊！娘啊！好心的娘啊！怎么舍得丢下没材料的我呀！娘呀！娘啊！口苦心甜的娘呀！丢下的小儿以后谁给瞧呀！……嗯哼哼……"当丈母娘去世后，女婿的哭词为："孩的姥姥岳母娘啊！躺到板上不害凉啊！用上吹歌你不瞧啊！蒸上馒头你不尝啊！……娘啊！娘啊！苦命的娘啊！也喂猪来也喂羊来，一辈的没穿过新衣裳啊！娘啊！……"当姐姐去世后，妹妹的哭词为："姐姐呀！姐姐呀！有料量的姐姐呀！以后让苦命的我依靠谁呀！姐姐呀！姐姐呀！有来理回来叫我呀！嗯哼哼……姐姐呀！姐姐呀！俺还等着你去给俺把家做活儿，缝连补破呀！嗯哼哼……姐姐呀！姐姐呀！有来理你站在高山脑瞧瞧俺呀！叫不应的姐姐呀！叫俺去哪儿找你呀！姐姐呀！姐姐呀！姐姐呀！嗯哼哼……"总体而言，生者通过哭街表达其对死者的怀念。不过也可以看出，王金庄哭街的人有逝者的妹妹、女儿以及女婿等，既包括男性，也包括女性。从本质上来看，哭街是在为逝者举行的丧礼上所唱的哭丧歌。而传统的哭丧歌一般是由逝者的女性亲属或者亲友所唱，主要为妻子、女儿、儿媳妇及其他比较亲近的女性。前面所提及的挽歌是在出殡时随灵柩所唱的哀歌，唱歌者不一定是死者的亲属，也可能是职业歌手；不一定是女性，也有可能是男性。这是哭丧歌与挽歌的主要区别之一。王金庄哭街仪式中也包含男性，反映了这一仪式的独特性。

除有血缘关系的人哭街外，街坊邻居、乡里乡亲去吊丧时，也要哭街，一直哭到灵前。所以当地有"有钱难买吊丧人"之说。并非所有的街坊邻居都会去哭街，人数的多少，取决于逝者及其家人的人缘。如果逝者人缘较好，不论其贫富贵贱，也有很多人去哭街；如果逝者生前作恶多端，干了坏事，恐怕没有哭街的，人们就会说："作孽吧，死后一个哭街的也没有。"从这种角度来说，哭街带有评价死者生前品行和德行的功能。

哭街是整个丧礼的一部分，王金庄的整个丧礼还有很多程序。在死者咽气后，家人要为其烧纸钱，意为上路钱；还要烙打狗饼，即烙与死者年数相等的、类似于铜圆的小饼，放在死者的袖筒里。上路钱与打狗饼的意思是死者在路上，如果有阻拦者，则用钱买通；如果遇到狗，则扔给它饼。除此之外，还要在死者的口里放一枚硬钱，俗称"噙口

石头民居里的巷子（涉县农牧局提供）

石头巷子和石头路面（涉县农牧局提供）

村中丧事上孝子跪拜送葬（涉县农牧局提供）

钱"。在墓地的选择上，有的家庭在老人去世以前就把墓地选好，坟墓修好，还有的家庭是在老人去世后选择墓地。一般长子头戴孝圈，腰扎麻套，手执哀杖、供品和五谷，到达坟地，选定修建墓地的地方，挖开第一镢后，打墓者才接着挖。出殡的时间一般是在灵柩停放的第三天、第五天或者第七天的下午。出殡时，在大门外用被子遮天入殓后，长子摔砂锅，手持引灵幡，其余孝子手持哀杖，按辈分排成一排。女性亲属跟随在棺材后面，每人手里攥着一个麻糖，等入葬时撒在墓内。到了墓地，长子从里到外清扫墓室一遍，放棺入葬，把长明灯放入墓室后，封闭墓门。紧接着填土，先由长子填三锨土，然后村民一起填土。埋葬完毕后，在坟头撒五谷，坟顶插灵幡。等孝子们把灵幡逐一拨完后，长子将其拔起，倒拖于坟墓新土上，当地人称其为"拔富贵"。

哭街习俗除流行于王金庄外，还流行于涉县井店镇曹家安、拐里、东坡、西坡、刘家、禅房以及武安冶陶镇七水岭等地。这一习俗几乎全部为成婚女子所为，一般是年龄大的多于年龄小的，没有文化的多于有文化的。随着时代的演变和社会文化的发展，哭街的习俗也受到一定冲击。具有一定文化层次的女子在进行吊丧时一般通过献上花圈、送上礼钱的形式表达悲痛与寄托哀思，不再哭街。虽然哭街习俗在现代文化的冲击下很有可能消亡，但是它作为一个特有的文化现象，仍然深深地烙在王金庄人的内心深处。

注释

[1]　［唐］房玄龄：《晋书》，中华书局，1974年，第626页。

[2]　［唐］魏徵等：《隋书》，中华书局，1973年，第897页。

[3]　［西汉］戴圣编著：《礼记》，西安交通大学出版社，2013年，第257—258页。

节日风俗与文化记忆 **23**

中国地大物博，即使是同样的节日，在不同地区也有着不同的过法。比如，冬至这一天是吃饺子还是吃汤圆，不同的地区有着不同的吃法。在北方人们几乎全部吃饺子，而在南方则是以吃汤圆为主。这种差异的形成，与南北方的食材有关……

　　近些年来，诸如情人节、万圣节、圣诞节之类的西方节日在中国大行其道，而我们的传统节日却在日益式微。为了增强民族的凝聚力和认同感，弘扬传统文化，国家选择了一些特定的节日，如春节、清明节、端午节等，采取放假、组织民俗表演等方式，唤起民众对传统文化的认知。然而，中国地大物博，即使是同样的节日，在不同地区也有着不同的过法。比如，冬至这一天是吃饺子还是吃汤圆，不同的地区有着不同的吃法。在北方，人们几乎全部吃饺子，而在南方则是以吃汤圆为主。这种差异的形成与南北方的食材有关，北方地区以面食为主的饮食结构，使得这一地区的人们几乎不可能选择汤圆；南方地区历史悠久的稻米文化，决定了该地区人们的食物制作方法。南北方节日饮食的差异，展现了节日习俗多样性的一面。

　　王金庄人的节日主要是中国传统节日，有春节、元宵节、清明节、端午节、中秋节、冬至、腊八节以及小年等。此外，王金庄人还有一些自己独特的节日，如二月十五、三月十五、立秋、十月初一等。

　　农历二月十五为物资交流会。至于它兴起于什么时候，已经没有人知道。在王金庄，我们询问了好多人，特别是那些年龄比较大的老人，他们也说不上所以然。这个节日一般举行3～5天，其间，要唱大戏，这样就可以把附近的村民召集来，既满足了他们的看戏瘾，又促进了商贸活动的发展。许多人在看大戏的过程中，买进卖出。因此，称其为物资交流会也不为过。农历三月十五庙会是专门为白玉顶奶奶而设置的。庙会很有可能起源于远古时期的宗庙社郊制度。《左传·成公十三年》中说："国之大事，在祀与戎。"祭祀在人们的日常生活中具有十分重要的地位。为了获得祖先的庇护，我们的先人们一般在屋舍祭祀先祖的同时，还进行歌舞演出，庙会也就由此形成。随着佛教和道教的兴起，举行庙会的场所越来越多，现在庙会已经遍

房顶上的太公楼，内设姜太公牌位（涉县农牧局提供）

及全国各地。庙会的内涵从最初的祭神活动演变为娱乐和购物活动，这从《北平风俗类征·市肆》中所记载的庙会活动可以看出："京师隆福寺，每月九日，百货云集，谓之庙会。"[1]而王金庄的庙会主要是祭神和娱乐，经济功能略显不足。庙会一般举行3天，每天下午和晚上都要唱戏、放鞭炮和烟花。与此同时，还要到奶奶庙上香，祈求她的保佑。立秋这一天，王金庄人一般都要做好吃的，当地人称其为"添秋膘"。添秋膘这一活动主要流行于北京、河北一带，在一定程度上可以算是当地特有的习俗。添秋膘是和"苦夏"联系在一起的。"苦夏"即夏天，天气炎热，人们几乎没有食欲，不愿意吃饭，从而很有可能日渐消瘦。如果人真的变瘦的话，则需要补充营养，这就有了"添秋膘"的说法。农历十月初一这一天在王金庄当地被称为"祭祖日"，要为逝去的亲人送寒衣。

家庭敬奉的祖先牌位（涉县农牧局提供）

　　即使一些与其他地区无异的传统节日，王金庄人的过法亦呈现出自己的特点。

　　春节习俗中，最为重要的是拜年，一般而言都是年幼的给年长的拜年，晚辈给长辈拜年。传统时期，拜年一定要跪拜磕头，现在几乎不时兴这个。小孩子给爷爷奶奶等长辈拜年的时候，在有的地方还是要磕头的。无论磕不磕头，爷爷奶奶是要给孩子们压岁钱的，祝愿孩子在新的一年里健健康康、平平安安。王金庄人在拜年时，小孩子可以从长辈那里得到压岁钱。此外，嫂子要给未成年的小叔子和小姑子压岁钱，姐夫要给未成年的小姨子和小舅子压岁钱，公公婆婆也要给刚过门的儿媳妇压岁钱。不过，在拜年的时候，还有一些忌讳，如果不注意，恐怕会受到人们的责难。在给卧床的病人拜年时，千万不要磕头。如果实在要磕头的话，一定要把病人扶起来，否则，就是咒病人赶快死去。拜年的时间要选在早上，午饭后是不拜年的。未结婚的女子也不拜年，只有在成婚后，才可以和妯娌一起，给公公婆婆和本家长辈拜年。

农历正月十五为元宵节，有"闹元宵"之说，意思是元宵只有越闹越热闹，庄稼才会迎来大丰收。正月十五这一天，王金庄家家户户都会点灯笼，小孩子挑上灯笼，沿着石板街，走街串巷，宛如天空中的星星一样，一闪一闪。正月十六的晚上，王金庄家家户户还要点灯，当地人称之为"烤杂病"，又叫"烤百病"。在烤完百病后，还要放焰火，有火马、火伞、文老杆、武老杆等种类。不过现在很少放焰火，基本上用鞭炮和礼花替代。

清明节的形成是与纪念介子推联系在一起的。在王金庄，清明节还被称为"时年寒节"。这一天是不动烟火的，用冷食品祭祀祖先。祭祀祖先，一定要去上坟。坟地有新坟和旧坟的区别。父母去世不满3年的为新坟，一般在清明节前一天上坟；过了3年的则是旧坟，在清明节当天上坟。上坟的时候，要修缮坟堆，增添新土。在外地工作的人，每到清明节不远千里也要回老家给逝去的亲人上坟。在上坟的时候媳妇是不随丈夫去的，而是要回到自己的娘家上坟，所以有"媳妇不上婆家坟"的说法。

端午节是为了纪念爱国诗人屈原。一般在这一天，人们要吃粽子、挂艾叶、佩香包、赛龙舟。在王金庄，端午节的前一两天，女婿要给岳父岳母送油糕，媳妇要给公公婆婆送油糕，以表达祝福之意。在我的印象中，端午节的时候，是外婆外公、舅舅给我送端午，他们会送来油糕、粽子或者油饼、油条之类的东西，总之，一定是好吃的。所以小时候，我每年都特别希望过端午节。在王金庄，送油糕的习俗与我记忆中的是不一样的，由此可见习俗的地方性特征。此外，进入农历五月，王金庄人特别希望五月初一到初五能够下雨。因为在他们看来，如果这几

民居墙中间的天地神龛（涉县农牧局提供）

天下雨了，这一年肯定是好年景。当然了，到底会不会有好收成，恐怕也不一定。不过，王金庄人使用这种方法占卜农业收成，说明了他们对农业生产很重视，也赋予了端午节沉重的意义。

农历八月十五是中秋节，王金庄人除了给亲朋好友互送月饼外，还要追忆祖先，上坟祭祖。

冬至这一天，要给驴过生日；腊八这一天，要给"小虫"即麻雀过生日。关于王金庄人给驴和麻雀过生日，前文已专门谈及，这里不再说明。

过了腊八，也就到腊月二十三，这一天被人们称为"小年"。据说，这一天灶王爷会上天向玉帝汇报一年里的工作，临行前，先要清点各家各户的人口，以便根据人口的多少确定来年粮食的产量。为了确保来年的粮食丰收，家中的人要求在外地的人尽量赶回家。吃晚饭时，忌讳剩余，目的在于让灶王爷说这家人很节俭，不浪费粮食。吃完晚饭后，家人还一起烧香上供，为灶王爷送行。

过了小年，年味越来越浓，人们也越来越忙，开始为过年做准备。"二十三，神上天；二十四，扫房日；二十五，磨豆腐；二十六，去割肉；二十七，去赶集；二十八，蒸馒头；三十，捏扁食。""捏扁食"，即捏饺子。到了除夕这一天，最为重要的事情是贴对联。在王金庄，贴对联是有说法的，一定要"穷横联，富对子"。"对子"即上、下联，也就是说，横联纸一定要小，对子纸一定要肥。除了在门上贴对联外，家中的角角落落也要贴上对联。树上贴上"树大根深"，院子里贴上"满园春光"，石磨上贴上"白虎大吉"，石碾上贴上"青龙大吉"，牲口圈里贴上"六畜兴旺"，鸡圈里贴上"鸡肥蛋大"，粮囤上贴上"米麦满仓"，衣柜上贴上"衣服满箱"，风箱上贴上"手动风来"，梯子上贴上"上下平安"，炕头上贴上"身卧福地"。王金庄人

文化墙（涉县农牧局提供）

赶集（涉县农牧局提供）

通过这些对联祈求来年风调雨顺，家人平安，和睦幸福。除了贴对联，这一天还要洒扫庭院，祭拜先人。一般是把庭院打扫干净后，再迎接先人回家过年。迎接先人的时候，一定要到先人的坟前烧香磕头，然后请先人回家。王金庄人认为在请先人回家的路上，千万不能停下来办其他事情，否则先人会丢失，回不了家。请完先人后，剩下的事情就是晚上守岁。晚辈到长辈的家中，年幼者到年长者的家中，拉家常叙旧，增进感情。如有什么矛盾，在这时可以通过家族中的长辈或者村中有威望的人，来说和、调解。总之，尽量不把矛盾、误会带到新的一年里。

一年又一年，王金庄人的风俗习惯被一代一代地传承下来，沉浸在人们的心灵深处，浸染在村中的角角落落，使得整个村庄充满了浓浓的文化韵味。

注释

[1] 卫凌：《礼俗传统考察与研究——以河东乡村地区为视角》，中国文史出版社，2015年，第104页。

传统与现代的胶着

然而，在现代工业建筑技术的冲击下，王金庄传统的石头民居逐渐黯淡起来。越来越多的村民追逐时髦，抛弃并拆除了旧有的石头民居，代之以钢筋混凝土搭建的砖瓦房和楼房……

　　王金庄作为太行山深处一颗璀璨的明珠，在人与自然、人与人互动的过程中形成了独具特色的旱作梯田系统，构建了独具韵味的梯田文化、石头文化、民居文化，使得王金庄盛名在外，这也是王金庄之所以为王金庄的根本原因。然而，随着时代的发展、社会的进步，现代化的生产与生活方式在给王金庄人带来便捷的同时，也在不断地冲击着王金庄独特的传统文化体系。传统与现代胶着在一起，王金庄的未来何去何从，则是每一个热爱王金庄、热爱传统文化的人所必须面对的问题。

　　王金庄村内的农田皆是石堰梯田，地块狭小，高低落差大，种植作物多样，人们唯有通过精耕细作的劳作，方能劳有所得，传统的梯田耕作方式在这里不断延续着。在王金庄，交通运输多依靠毛驴，耕地整地亦役使毛驴，作物灌溉基本靠降雨，农作物秸秆当作饲料喂养牲畜，牲畜及人的粪便充当肥料还田，由此构成一套完整的精耕细作与集雨保墒相结合、用地与养地相结合的农业生产循环系统。当地农民因地制宜，形成了一套符合当地气候、地理环境的椒粮间作的种植模式。按照地形，梯田可以分为山地、坡地和平地。山地和坡地为旱地，占总耕地面积的四分之三，为一年一熟制；平地为夏秋地，为一年两熟制或者两年三熟制。梯田内种植农作物，堰边种植花椒。梯田依山势而修，不同位置土质、温度、光照、水分等条件差异较大，适播作物的种类、品种及其耕作方式也不尽相同。王金庄复杂的地貌特征使得其生产方式完全不同于平原地区，构建了具有自身特色的农业生产技术体系。可以说，这一体系是王金庄人安身立命的重要基础，为人与自然和谐相处的典范。

　　现如今，传统农业生产技术体系越来越受到工业文明的冲击。越来越多的农民使用化肥及农药，以提高农作物产量，破坏了农作物的生态系统，在一定程度上冲击着王金庄人的农业生产技术体系。虽然王金庄人依然坚守着使用农家肥的传统，但是是否能够长期坚持下去，也不禁让人担忧。更有甚者，由于不满意梯田的低产出，直接将其撂荒，任由杂草丛生、堤堰破损。当我们在梯田里行走的时候，亲眼看到了一些已经荒废的梯田。曾经在田间地头常见的野炊，也因为工业文明的推进、生产生活方式的变迁而销声匿迹，或者其功能早已发生质的变化。与此同时，随着毛驴数量的减少，人、驴与田地三者相结合的农业景观逐渐退出历史舞台。

传统时期，生产过后收集的农作物秸秆可以作为驴的饲料。但是，随着驴的减少，农作物秸秆被大量浪费，无法有效利用，从而影响到当地长期以来所形成的用地与养地相结合的农业传统。梯田土层较薄且贫瘠，农家肥使用量的减少，使得土壤肥力受损、腐殖质含量降低；涵养水分的功能弱化，导致梯田遭遇严重的生态危机，发生洪涝灾害的可能性上升，酿成自然灾害的概率升高，这些都成为整个旱作梯田系统可持

驴与石头村落（涉县农牧局提供）

续发展所面临的巨大挑战。

王金庄，曾以石头村闻名遐迩，被称作"石头博物馆"。这里的人们以石铺路，以石造桥，以石建房造屋，以石为家庭日常用具，以石为农业生产工具。他们住着石房石院，用着石桌石凳、石碾石磨、石井石窖，生活中处处都能看到石头的影子。因此，整个村落可以以石概括，堪称人与石头和谐相处的典范。然而，在现代工业建筑技术的冲击下，王金庄传统的石头民居逐渐黯淡起来。越来越多的村民追逐时髦，抛弃并拆除了旧有的石头民居，代之以钢筋混凝土搭建的砖瓦房和楼房。这些现代意义上的时尚民居，漂亮豪华大方舒适，受到了村民们的热捧。这些现代建筑与传统石头民居形成鲜明的对比。现代建筑使原本浑然一体的村子失去了些许和谐，正改变着原始的风貌，好似一件祖先留下的宝贝被人为戳坏，不能不让人扼腕叹息。当我们漫步在王金庄的街头巷

回家（涉县农牧局提供）

王金庄景区牌楼（涉县农牧局提供）

尾，每每看到这些没有规划好的建筑时，我们也深感痛心。我们在想，如果这里全部是石头民居，那该是什么样的景象，蓝蓝的天、青色的石头、颜色随四季而变化的群山交织在一起，又该是一幅什么样的图画。这些恐怕只能存在于我们的想象之中。而且，很多石头民居也没有得到妥善有效的保护与修缮，在风雨的淋刷下，日渐腐朽甚至倒塌。这样下去，王金庄的石头民居会越来越少。保护王金庄的石头民居，不仅在于保护几处典型的建筑，更为重要的是，要构建一个民居的氛围。如果缺少这种氛围，王金庄的历史和文化也就会黯然失色。

传统民居与现代民居产生了不可调和的冲突和碰撞。但需要指出的是，传统民居尽管存在诸多的不足，但它们是王金庄石头文化的代表，是先辈们"上管天下管地"斗争精神的象征，凝结了王金庄世世代代祖辈的智慧与心血，是王金庄村民集体拥有的不可衡量的无形财富。如何保护和传承古老的石头民居成为摆在王金庄村民面前最为艰巨的难题之一。或许最理想的办法是将王金庄进行划区管理，现代建筑单独放在一起，而石头民居则在现有的基础上进行完善，形成专门的石头房屋群。这样既能解决当地人的居住问题，又能处理好传统民居的保护问题，凸显王金庄的特色文化。

王金庄同全国各省其他村庄一样，不可避免地遭遇"空心村"问题，村庄的传承与发展面临着前所未有的危机。其中表现最为典型的则是青壮年劳动力的流失。在我们的走访过程中，发现村里活动的大多是中老年人。他们基本丧失了外出务工的能力，只得留在农村务农，操持着自己那"一亩三分"的梯田地。在市场经济的冲击下，依靠传统的农耕种植已经不能满足村民日益增长的物质需求，通俗地讲，修梯田、靠天吃饭的生计方式已经越来越不适应社会的发展。在农村，辛辛苦苦一年，有时连基本农田投入都收不回来，更不要奢谈改善生活水平。反而是外出到大城市务工，一年能有不错的收入。因此，年青的一代人已经不满足于父辈数百年来营造的生计模式，不安心于在山区做一个与梯田打交道的农民，他们往往更向往繁华"自由"热闹的大都市，希望走出大山去外面的世界闯荡。

青壮年劳动力的流失，以及年轻人返村后带回的现代价值观念的冲击，给王金庄村的健康良性发

王金庄现代民居（涉县农牧局提供）

展带来诸多隐患。表现最为明显的是，石堰梯田的建设难以为继，传统的农业生产技术无人继承。这一系列的连锁反应，最后的结果便是王金庄村传统秩序失衡，内生发展动力逐渐丧失，容易凋落残败。

王金庄目前存在诸多问题，那么它的未来将往何处去？或许开发和发展生态旅游是可以选择的一条道路。如果能够整合王金庄各种独特的优势资源，将其开发成影视基地和旅游胜地，那么老祖先留下来的宝贝则能被妥善地保护起来，得到永续发展和利用。所幸的是，近年来王金庄的发展受到中央部委 、河北省政府及社会各层面的重视。该村于2008年10月23日被列入河北省人民政府第二批"河北省历史文化名村"，于2012年12月17日被住房和城乡建设部、文化部、财政部列入第一批中国传统村落名录，2014年5月5日以王金庄梯田为主体申报的河北涉县旱作梯田系统被农业部列为第二批中国重要农业文化遗产，另外，该县正着

王金庄幼儿园（涉县农牧局提供）

绘制中的文化墙（涉县农牧局提供）

手申报全球重要农业文化遗产。

以上这些荣誉称号的获得和相关努力对于王金庄发展生态旅游业来说是一个巨大机遇。王金庄可通过大力发展生态旅游、吸引年轻人回流、引进社会资本来村投资兴业，继而恢复和重建石头民居，展现王金庄古村落的原始面貌，进而建立起旅游经济发展模式，再反哺该村石堰梯田建设、石头民居建设、古村落保护，同时提高当地居民的生活水平。

········

　　农业遗产作为中国传统文化的重要组成部分，近些年来受到整个社会的关注。不过，对于我而言，它却是一个陌生的领域，虽然听说过，但接触较少。可以说，我真正地接触农业遗产，是从对涉县旱作农业遗产的调查开始的。在调查的过程中，我逐步领略到农业遗产的魅力，认识到它在当代社会建设与发展中的价值。当我看到村民们依然保持着"日出而作，日落而息"的生活方式时，看到他们的房前屋后种植着各式各样的蔬菜时，看到他们依然使用传统的农业生产技术时，看到他们与大自然和谐相处且乐意融融时，我由衷地羡慕他们，羡慕他们生活在这样一个世外桃源。可以说，农业遗产，是传统文化与传统价值观在当代社会的延续，是我们认识、反思当今社会发展模式的一面镜子。到底什么样的生活方式才是我们所需要的？这是我们应该思考的。

我对涉县旱作农业遗产的调查始于2016年的夏季，中间陆陆续续拖延了好长时间，直到2018年的夏季，才匆匆结束。在这一漫长的过程中，我要感谢"寻找桃花源：中国重要农业文化遗产地之旅丛书"的主编苑利老师。从提纲的编撰到涉县相关领导的联系，我都是在苑利老师的指导下完成的。苑利老师的指导使我逐步地认识、了解与研究农业遗产。我还要感谢涉县农牧局贺献林局长。初识贺局长，是在涉县的大街上，他推着一辆自行车，在柳荫漫漫的龙井大街上，不断给我讲述涉县旱作梯田的历史与现状，让我了解到他的理想与抱负——不仅要推动涉县文化事业的发展，还要保护与传承中国传统农耕文化。从获取相关资料到调查王金庄旱作梯田，都是在他的安排下完成的，免去了我舟车劳顿之苦。我还要感谢王金庄的王林定和王树梁两位先生。王林定先生和王树梁先生为当地知名文化人士，致力于涉县旱作梯田文化的保护与传承。在他们的陪同下，我了解了王金庄的历史传说、风土人情，领略了王金庄人不屈不挠的奋斗精神，感受到王金庄人的浓浓暖意。我还要感谢我的工作单位——西北农林科技大学中国农业历史文化研究所。西北农林科技大学中国农业历史文化研究所为农业农村部传统农业遗产重点实验室、陕西省（高校）哲学社会科学重点研究基地。这里宛若一个大家庭，有师生之情，有同事之谊，相互之间的包容与协作，构建了一个和谐温暖的工作环境。在调研与写作的过程中，西北农林科技大学中国农业历史文化研究所提供了支持，该课题先后得到中央高校人文社科专项"重要农业文化遗产生产技术体系及当代价值研究"、西北农林科技大学人文社科项目"黄土高原旱作梯田农业遗产调查与研究"等项目的支持。我还要感谢北京出版集团的编辑们，他们一丝不苟的工作精神、严谨的学术态度，让我获益匪浅。最后，我还要感谢我的家人。正是在他们的默默支持下，我才得以抽出时间完成相关工作。

对于我而言，由于没有经过专门的训练，所调查出来的资料或许没有完全反映涉县旱作梯田的全貌，或许还存在各种各样的专业问题。对这些问题，我还要在以后的学习与工作中不断地深化认识，在此，恳请广大读者批评与指正。

李荣华

2019年5月